DE DOOD VAN BELLE

GEORGES SIMENON BIJ DE BEZIGE BIJ

GEORGES
SIMENON

De dood van Belle

Vertaald door Jan Robert Braat

2015
DE BEZIGE BIJ
AMSTERDAM | ANTWERPEN

De vertaler ontving voor deze vertaling een
werkbeurs van het Nederlands Letterenfonds.

N ederlands
letterenfonds
dutch foundation
for literature

Omslagontwerp Studio Jan de Boer
Omslagbeeld Arcangel Images/Joana Kruse
Foto auteur Victor Diniz
Vormgeving binnenwerk Armée de Verre
Zetwerk Ready2Print
Druk Koninklijke Wöhrmann, Zutphen
ISBN 978 90 8542 6431
NUR 302

www.debezigebij.nl

Voor mijn vriend Sven Nielsen,
met alle genegenheid.

EERSTE DEEL

I

Soms, als een man alleen thuis ontspannen zijn daagse dingen loopt te doen, kan hij ineens opkijken en merken dat de gordijnen nog niet dicht zijn en dat de mensen buiten hem observeren.

Dat overkwam Spencer Ashby enigszins. Niet helemaal, want eigenlijk lette die avond niemand op hem. Hij genoot van zijn dierbaar diepe eenzaamheid, zonder geluid van buiten, waar het zelfs met grote vlokken was gaan sneeuwen, waardoor de stilte als het ware tastbaar werd.

Kon hij, kon wie ook ter wereld toen vermoeden dat die avond vervolgens onder de loep zou worden genomen en haast letterlijk als een insect zou worden ontleed?

Wat was er vanavond te eten geweest? Geen soep, geen eieren of hamburgers, maar zo'n maaltje dat Christine toebereidde van restjes en waarvan haar vriendinnen uit aardigheid het recept vroegen. Ditmaal kon je verschillende soorten vlees herkennen, ook ham, en wat doperwtjes onder een laag macaroni met een ovenkorstje.

'Ga je echt niet met me mee naar de Mitchells?'

Het was erg warm geweest in de eetkamer. Ze stookten graag flink. Hij wist nog dat zijn vrouw tijdens het eten blosjes had. Die had ze vaker. Dat stond haar trouwens niet slecht. Hoewel ze pas begin veertig was, had hij haar tegen een vriendin al over de overgang horen praten.

Waarom waren die blosjes hem bijgebleven, terwijl de rest van de maaltijd gedompeld lag in vaal licht waaruit niets bovenkwam? Belle had ook aan tafel gezeten, dat was zeker. Maar de kleur van haar jurk wist hij niet meer, net zomin als het gespreksonderwerp, zo ze überhaupt iets gezegd had. Omdat hij zelf had gezwegen, hadden de twee vrouwen ongetwijfeld samen gebabbeld; en toen er appels op tafel kwamen was het woord bioscoop gevallen, waarna Belle was verdwenen.

Was ze lopend naar de bioscoop gegaan? Dat kon. Het was nog geen halve mijl.

Zelf liep hij graag door de sneeuw, vooral door de eerste van het jaar, en hij bedacht verheugd dat er vanaf nu, maandenlang, rechts van de voordeur, onder de veranda, bij de sneeuwschuiver, een rij kaplaarzen kwam te staan.

Hij had Christine de borden en het bestek in de afwasmachine horen zetten. Hij had staande voor de open haard een pijp gestopt. Ondanks de centrale verwarming had Christine, vanwege de sneeuw, met twee blokken de haard aangemaakt, niet voor hem, want hij bleef zelden in de zitkamer, maar voor twee vriendinnen op de thee.

'Als ik nog niet terug ben als je naar bed gaat, doe de voordeur dan op slot. Ik heb de sleutel.'

'En Belle?'

'Die is naar de eerste voorstelling en komt uiterlijk om halftien thuis.'

Dat was allemaal zo vertrouwd dat het eigenlijk geen houvast bood. Christines stemw was uit de slaapkamer gekomen en bij de deur had hij haar op de rand van het bed haar rode broek zien aantrekken, net uit de berging en nog met een lichte mottenballenlucht, want die droeg ze alleen 's winters als ze uitging. Waarom had hij zich toen afgekeerd alsof hij die opgestroopte jurk gênant vond? En waarom had zij een gebaar gemaakt om de jurk omlaag te trekken?

Ze was vertrokken. Hij had de auto horen wegrijden. Ze woonden vlak bij het dorp, tegen het centrum aan, maar namen toch voor het minste of geringste de auto.

Hij had eerst zijn colbertje uitgedaan, zijn das losgetrokken en de bovenste knoop van zijn overhemd opengedaan. Daarna was hij op de rand van het bed zijn pantoffels aan gaan trekken, precies op de plaats, nog warm, waar zijn vrouw gezeten had.

Is het niet raar dat hij zich die handelingen met moeite kon herinneren? Hij moest zichzelf toespreken: 'Even kijken. Ik was dus daar en daar. En toen? Wat doe ik elke dag op dezelfde tijd?'

Hij had vergeten kunnen zijn dat hij in de keuken zijn fles spuitwater uit de koelkast had gehaald. En dat hij zich bij het doorlopen van de zitkamer met de fles in de hand had gebukt om eerst van een tafeltje de *New York Times* en daarna van de kapstok zijn aktetas te pakken. Zo kwam hij altijd bij zijn werkkamer aan, zijn hol, met zijn armen vol spullen, en elke keer was het de vraag hoe hij de deur open en dicht kreeg zonder iets te laten vallen.

Joost mocht weten wat hier vroeger was geweest, voordat het huis gemoderniseerd was. Een washok misschien? Een provisiekamer? Een gereedschapshok? Hij was juist blij dat zijn hol geen gewone kamer leek: ten eerste door het schuine plafond onder de trap; ten tweede omdat je na de deur drie treetjes af moest en de vloer uit grote, onregelmatige tegels bestond, en ten slotte omdat het enige raam zo hoog zat dat het met een touw over een katrol open moest.

Hij had alles eigenhandig gedaan: het schilderwerk, de planken langs de muren en de ingewikkelde verlichting. Het karpet op de tegels onder het trapje kwam van een veiling.

Christine zat te bridgen bij de Mitchells. Waarom noemde hij haar bij zichzelf soms 'mama', terwijl ze maar twee jaar ouder was dan hij? Omdat sommige vrienden hun vrouw in het bijzijn van hun kinderen mama noemden? Toch voelde hij zich, als dat woord hem over de lippen kwam, gegeneerd en enigszins schuldig.

Als ze niet bridgede, sprak ze over politiek of liever over het welzijnswerk voor de lokale gemeenschap.

Eigenlijk was hij nu ook voor die gemeenschap bezig, want hij zat in zijn eentje in zijn hol een geschiedenisproefwerk van zijn leerlingen na te kijken. Alleen was Crestview School geen lokale instelling. Integendeel, de leerlingen kwamen vooral uit New York en Chicago, uit het Zuiden en zelfs uit het verre San Francisco. Het was een goede *prepschool*. Niet een uit het rijtje namen dat snobs laten vallen, maar toch een serieuze.

Had Christine zo ongelijk met haar gemeenschapszin? Ze zei wat al te vaak en te categorisch dat het ieders plicht was aan de gemeenschap bij te dragen. Ze vond de ruim tweeduizend inwoners een duidelijke eenheid; hun onderlinge band vloeide niet voort uit een vaag gevoel van solidariteit of plicht, maar uit net zulke nauwe en complexe relaties als die ten grondslag liggen aan grote families.

Hij hoorde er zelf toch ook bij? Hij kwam niet uit Connecticut, maar van hogerop, uit Vermont, New England, en hij was hier pas op zijn vierentwintigste gekomen voor een baan als leraar.

Sindsdien had hij hier zijn eigen plek veroverd. Als hij vanavond met zijn vrouw was meegegaan, had iedereen hem de hand toegestoken en 'Hello! Spencer!' geroepen.

Ze mochten hem wel. Hij hen ook. Hij keek de proefwerken geschiedenis met plezier na, meer dan die van natuurkunde. Voor hij begon, had hij uit de kast de fles whisky en een glas gepakt en uit de la de flesopener. Hij voerde al die handelingen werktuiglijk uit, zonder te weten wat hij erbij dacht. Hoe zou hij gekeken hebben op een foto die iemand die avond onverwachts had genomen?

Maar ze zouden het nog veel erger maken!

Hij dronk zijn whisky altijd eender, nooit sterker of slapper, en deed ongeveer een halfuur over een glas.

Een van de proefwerken was van Bob Mitchell, bij wiens ouders Christine nu zat te bridgen. Zijn vader, Dan, was een architect die van plan was te solliciteren naar een overheidsbaan, waarin hij officiële personen moest ontvangen.

Voorlopig kreeg Bob Mitchell niet meer dan een drie voor geschiedenis en Spencer noteerde het cijfer met een rood potlood.

Af en toe hoorde hij een vrachtwagen driehonderd meter verderop met moeite de helling op komen. Dat was ongeveer het enige geluid. In zijn hol hing geen klok. Spencer had geen enkele reden om op zijn horloge te kijken. Hij was na ruim veertig minuten klaar met het nakijkwerk, borg de schriften in zijn tas en bracht die naar de zitkamer, uit een oude gewoonte om 's avonds de dingen voor de volgende dag klaar te leggen. Die gewoonte was zo sterk dat hij zich schoor voor hij naar bed ging als hij 's ochtends vroeg weg moest.

Er zaten geen luiken voor de ramen, alleen jaloezieen, en die waren opgetrokken. Die lieten ze soms pas zakken als ze naar bed gingen en een enkele keer helemaal niet.

Hij keek even naar de vallende sneeuw buiten, zag licht branden bij de Katzen en ontwaarde Mrs. Katz aan de piano. Ze droeg een doorschijnende peignoir en speelde levendig, maar hij kon er niets van horen.

Hij trok aan het touwtje om de jaloezie te laten zakken. Dat was hij niet gewend. Meestal deed Christine dat. Als ze de slaapkamer binnenging liep ze eerst naar het raam om het touwtje te grijpen, waarna de lamellen hoorbaar neervielen.

Zelf ging hij in de slaapkamer een andere broek en een ander hemd halen; de grijze flanellen broek die hij uit de kast trok was bedekt met fijn zaagsel.

Was hij teruggegaan naar de keuken? Niet om spuitwater te halen, want 's avonds had hij aan één fles genoeg. Hij herinnerde zich vaag in de haard gepookt te hebben en naar de wc te zijn geweest.

Het ging hem om het uur dat hij vervolgens aan zijn draaibank had doorgebracht, waar hij aan een gecompliceerde lampvoet had gewerkt. Zijn hol was meer een werkplaats dan een studeerkamer. Spencer had al eerder problemen overwonnen en andere houten voorwerpen dan lampvoeten gedraaid. Christine had die aan de meeste van haar vriendinnen cadeau gedaan. Ze gebruikte ze ook steeds voor tombola's of liefdadigheidsbazaars. Sinds kort was hij enthousiast voor lampvoeten, en als deze lukte, werd het een kerstcadeau voor Christine. Van haar had hij vier jaar geleden de draaibank gekregen, ook met Kerstmis. Ze konden het goed vinden samen.

Hij had zijn tweede whisky ingeschonken. Als hij opging in zijn werk trok hij zo weinig aan zijn pijp dat deze uit leek te gaan en af en toe moest hij even flink zuigen om hem aan de gang te houden.

Hij hield van de geur van het door de draaibank verpulverde hout en van het geraas van de machine.

Hij had de deur van zijn hol beslist dichtgedaan. Hij deed altijd de deuren achter zich dicht, alsof hij in een kamer wegdook zoals anderen onder de deken wegkruipen.

Toen hij een keer boven de lopende draaibank zijn hoofd had opgetild, had hij boven aan de drie treden Belle zien staan, en net zoals Mrs. Katz voor hem onhoorbaar piano speelde, had Belle door de draaibank-herrie haar lippen onverstaanbaar bewogen.

Hij beduidde met een hoofdgebaar dat ze even moest wachten. Hij kon zijn werkstuk niet loslaten. Belle droeg een donkere baret op haar roodbruine haar. Ze had haar jas niet uitgedaan. Ze had haar kaplaarzen nog aan.

Ze leek niet vrolijk, zag er mat uit. Ze was te kort binnen. Ze begreep niet dat hij niets hoorde en had zich al omgedraaid. Liplezend ried hij haar laatste woord: '*Welterusten.*'

Eerst sloot ze de deur onvolledig – het slot ging nogal stroef – en daarna kwam ze terug om de deurkruk een slag verder te draaien. Hij had haar haast teruggeroepen. Hij vroeg zich af wat ze behalve 'welterusten' nog meer had gezegd. Hij stelde vast dat ze, tegen de huisregels in, niet voor het doorkruisen van de zitkamer haar kaplaarzen had uitgedaan en vroeg zich af of ze misschien weer wegging. Dat kon best. Ze was achttien. Ze was vrij. Soms vroegen jongens haar 's avonds mee uit, naar Torrington of Hartford, en waarschijnlijk had een van hen haar na de film met de auto thuisgebracht.

Als hij toen niet in beslag genomen was door het lastigste deel van zijn klus, was het misschien anders gelopen. Hij geloofde niet erg in intuïtie, maar had wel even later, toen de draaibank stilstond, zijn hoofd opgeheven om naar de stilte te luisteren en zich af te vragen of er een auto op Belle had staan wachten en of hij die nu weg zou horen rijden. Maar het was al veel te laat: was er een auto geweest, dan was die nu allang weg.

Waarom zou hij zich ongerust hebben gemaakt over haar? Omdat hij, verbaasd over haar onverwachte verschijning boven aan de drie treetjes, haar in het licht van zijn hol wat bleek en misschien bedroefd had gevonden?

Hij had boven kunnen gaan controleren of ze wel in haar kamer was, en als hij niet nieuwsgierig wilde lijken, kunnen kijken of er licht scheen onder haar deur.

In plaats daarvan klopte hij zorgvuldig zijn pijp uit in een door hem twee jaar terug gedraaide asbak, stopte zijn pijp opnieuw uit de eveneens door hem gedraaide tabakspot – zelfs zijn eerste moeilijke klus – en ging na een slok whisky weer door met zijn werkstuk.

Hij dacht niet meer aan Belle, dacht aan niemand meer, toen de telefoon ging. Een paar maanden eerder was, met het oog op zulke gelegenheden, de telefoonlijn naar zijn hol doorgetrokken.

'Spencer?'

'Ja.'

Het was Christine tegen een achtergrond van vreemde stemmen. Hij had in de verste verte geen idee hoe laat het was.

'Ben je nog steeds bezig?'

'Nog een minuut of tien.'

'Alles thuis in orde? Is Belle terug?'

'Ja.'

'Heb je echt geen zin in een potje bridge? Iemand kan je afhalen.'

'Liever niet.'

'Ga dan maar naar bed, en wacht niet op mij. Het zal wel laat worden, heel laat zelfs, want Marion en Olivia komen net allebei met hun man binnen en ze organiseren een toernooi.'

Het was even stil. Er werd met glazen geklonken. Hij kende het huis, de zitkamer met de halve cirkel enorme rode banken, de opklapbare bridgetafeltjes en de keuken waar ieder op zijn beurt ijs ging halen.

'Dus je weet zeker dat je niet meedoet? Iedereen zou het leuk vinden.'

De stem van Dan Mitchell riep in de hoorn:

'Kom op, slome!'

Mitchell praatte met zijn mond vol.

'Wat moet ik zeggen? Heb je Dan gehoord?'

'Bedankt. Ik blijf hier.'

'Welterusten dan. Ik zal proberen je niet wakker te maken als ik thuiskom.'

Hij bracht zijn werkbank op orde. Niemand raakte iets aan in zijn hol, hij maakte het zelf eens per week schoon. In een hoek had hij een leren fauteuil staan, heel oud, heel laag, van een model dat je nergens meer zag; hij ging erin zitten, met gestrekte benen, om een blik te werpen in de *New York Times*.

Er hing een elektrische klok in de keuken waar hij het licht uitdeed voor hij naar bed ging en meteen de fles spuitwater wegzette en het lege glas. Hij keek niet hoe laat het was. Het kwam niet bij hem op. In de gang keek hij ook niet naar Belles deur. Hij hield zich weinig met haar bezig, om niet te zeggen helemaal niet. Ze logeerde er pas kort en maar voor tijdelijk; ze was geen deel van het huis.

De jaloezieën in de slaapkamer stonden op een kier, hij trok ze dicht. Hij sloot ook de deur, kleedde zich uit, legde zijn kleren stuk voor stuk weg, kroop op een onbepaalde tijd in bed en strekte zijn arm uit om het nachtlampje uit te doen.

Had hij die hele tijd een bezig bijtje geleken dat onder de loep van een bioloog zijn leventje leidt? Best mogelijk. Hij had zijn dagelijkse mannenleven – dat van een lid van de gemeenschap, zoals Christine zou hebben gezegd –, wat hem niet verhinderd had na te denken. Hij dacht zelfs nog wat na voor hij insliep, zich bewust van de plek waar hij was, van zijn omgeving, het huis, het dovende haardvuur in de zitkamer, de sneeuw die hij morgen van de oprit zou ruimen, zich ook bewust bijvoorbeeld van het bestaan van de Katzen en van anderen in andere huizen waar hij lichtjes zou hebben kunnen zien branden, en van de honderdtachtig leerlingen van de Crestview School die in het grote bakstenen gebouw boven op de heuvel sliepen.

Als hij de moeite had genomen de radio aan te zetten, zoals zijn vrouw gewoonlijk deed als ze zich uitkleedde, was de hele wereld de slaapkamer binnengedrongen, met zijn muziek, stemmen, rampen en weerberichten van overal.

Hij zag en hoorde niets. Hij sliep. Toen om zeven uur de wekker afliep, voelde hij Christine naast zich in beweging komen en als eerste opstaan om in de keuken koffiewater op te zetten.

Ze hadden geen dienstmeisje, alleen een werkster, twee keer per week.

Zijn bad liep vol. Hij schoof het gordijn opzij om naar buiten te kijken en het daagde nog niet. De hemel was alleen grijzer dan 's nachts, de sneeuw krijtachtiger wit, en alle kleuren, zelfs van de roze baksteen van het nieuwe huis van de Katzen, leken hard en wreed.

Het sneeuwde niet meer. Er vielen wat waterdruppels van het dak alsof het ging dooien, en gebeurde dat, dan kregen ze blubber en smeerboel, nog afgezien van het slechte humeur van de leerlingen op school die hun schaatsen en ski's al tevoorschijn hadden gehaald.

Hij kwam onveranderlijk om halfacht de keuken binnen. Het ontbijt stond klaar op een wit tafeltje dat alleen daarvoor diende en Christine had zich al gekapt. Leek het maar zo of was haar blonde haar 's ochtends echt bleker en doffer?

Hij hield van de geur van bacon, koffie en eieren, en heimelijk ook van de daarin opgaande ochtendgeur van zijn vrouw. Dat was voor hem de sfeer van het begin van de dag, hij zou die geur uit duizenden herkennen.

'En heb je nog gewonnen?'

'Zes dollar vijftig. Marion en haar man hebben alles verloren, zoals gewoonlijk. Samen meer dan dertig dollar.'

Er was gedekt voor drie, maar Belle at zelden mee. Ze werd niet gewekt. Ze verscheen vaak tegen het eind van het ontbijt, in kamerjas en op pantoffels; maar nog vaker zag Spencer haar 's morgens helemaal niet.

'Zoals ik tegen Marion zei, die dat geweldig vindt...'

Het was nog banaler dan de dag ervoor, zonder een opmerkelijk woord, zonder iets treffends, een soort toonloos gebabbel met een paar namen, voornamen te bekend om nog beelden op te roepen.

Het was trouwens van geen belang meer, maar dat wist hij nog niet, niemand wist dat nog. Het dorpsleven begon zoals op andere dagen, in de badkamers, in de keukens, op de drempels waar echtgenoten hun overschoenen aantrokken en in de garages waar de auto's werden gestart.

Hij vergat zijn tas niet. Hij vergat nooit iets. Hij rookte zijn eerste pijp terwijl hij achter het stuur van zijn auto bij een raam het roze waas van de peignoir van de kleine Mrs. Katz ontwaarde.

Rondom stonden de huizen wijd verspreid over de heuvel, omringd door nu besneeuwde gazons. Sommige, zoals dat van de Katzen, waren nieuw, maar de meeste waren mooie oude houten New-Englandhuizen, waarvan twee of drie volledig wit geschilderd, met een koloniaal portiek.

Main Street, gevormd door het postkantoor, de drie kruideniers en een paar winkels, met aan weerskanten een tankstation, lag lager; de sneeuwploeg was al langs geweest en had een brede zwarte baan tussen de trottoirs achtergelaten.

Ashby stopte om zijn krant te halen en hoorde zeggen:

'Straks gaat het weer sneeuwen en nog voor de nacht krijgen we waarschijnlijk een blizzard.'

Toen hij het postkantoor binnenging hoorde hij precies dezelfde woorden, waarschijnlijk overgenomen van het weerbericht.

Na het oversteken van de rivier, begon hij de klim

over de haarspeldweg naar school. De hele heuvel, gedeeltelijk bedekt met bos, was eigendom van de instelling, en boven stond een tiental gebouwen, de bungalows van de leraren niet meegerekend. Als Christine zelf geen huis had bezeten, hadden ze zelf ook in zo'n bungalow gewoond en, voor zijn huwelijk met haar, had Ashby jarenlang in de grootste gewoond, met het groene dak, bestemd voor vrijgezellen.

Hij stalde zijn auto in een loods, waar al zeven andere stonden en toen hij de treden van het bordes beklom, ging de voordeur open; de secretaresse, miss Cole, rende naar buiten, als wilde ze hem de doorgang versperren.

'Uw vrouw heeft gebeld. Of u zo snel mogelijk naar huis wilt komen.'

'Is haar iets overkomen?'

'Haar niet. Ik weet niet. Ik moest alleen zeggen dat u niet van streek moest raken maar wel meteen naar huis moest komen.'

Hij wilde langs haar heen om in haar kantoortje de telefoon te pakken.

'En u moest vooral geen tijd verliezen met haar te bellen.'

Hij fronste vragend zijn wenkbrauwen, met een somber gezicht, maar eigenlijk was hij niet echt van slag. Hij had zelfs zin om Christines uitdrukkelijke order te negeren en haar toch te bellen. Als miss Cole hem niet de weg was blijven versperren, had hij dat zeker gedaan.

'Goed! Zegt u dan tegen de directeur...'

'Die is al op de hoogte.'

'Ik hoop voor het eind van het eerste uur terug te zijn.'

Hij kreeg het flink benauwd, dat was de term. Vooral misschien omdat het niets voor Christine was. Ze had haar fratsen, zoals iedereen, maar maakte zich niet druk om futiliteiten en zou hem zeker niet zomaar op school storen. Ze was praktisch en zou bij een schoorsteenbrand eerder de brandweer bellen dan hem, en bij een malaise of letsel meteen de dokter.

Omlaag rijdend kruiste hij Dan Mitchell die op weg naar kantoor zijn zoon bij school afzette. Hij vroeg zich even af waarom Dan verbaasd keek. Pas daarna besefte hij dat het voor anderen vreemd moest zijn hem op dit uur omlaag te zien rijden in plaats van omhoog.

Er was niets bijzonders aan de hand in Main Street, geen enkele drukte rond zijn huis, nergens iets abnormaals te zien. Pas toen hij zijn inrit op reed, ontwaarde hij voor de deur van zijn garage de auto van dokter Wilburn.

Hij hoefde maar vijf grote stappen door de sneeuw te zetten en had werktuiglijk zijn pijp in zijn zak gestopt. Op de drempel strekte hij zijn hand uit naar de deurknop, maar voordat hij hem kon grijpen ging de deur vanzelf open, net als daarnet op school.

Wat hem wachtte leek op niets van wat hij voorzien had, vooral omdat hij zoiets nog nooit had meegemaakt.

Wilburn, tevens de schoolarts, was een man van vijfenzestig, voor wie sommigen beducht waren omdat hij altijd de spot met hen leek te drijven. Velen vonden hem wreed. Hij deed in elk geval niets om geliefd te zijn en had een speciaal grijnsje voor het aankondigen van slecht nieuws.

Hij was het die voor Spencer de deur had geopend en zonder een woord voor hem bleef staan, met het hoofd voorover om hem over zijn brillenglazen aan te kijken, terwijl Christine, in het donkere deel van de hal, ook naar de deur gekeerd stond.

Waarom had Spencer, geheel onschuldig, toch een schuldgevoel? In het heersende licht, met de al fletse sneeuw onder de zwaar bewolkte hemel was het indrukwekkend te zien hoe de dokter met een sluw gezicht de deurknop vasthield alsof hij Ashby in zijn eigen huis binnenliet als in een soort slecht verlichte rechtbank.

Hij reageerde, hoorde zijn stem zeggen:

'Wat is er gebeurd?'

'Kom binnen.'

Hij gehoorzaamde, betrad de zitkamer, trok zijn overschoenen uit op de mat, maar kreeg nog geen antwoord, ze verwaardigden zich niet het woord tot hem te richten zoals tot een menselijk wezen.

'Christine, wie is er ziek?'

En omdat ze zich werktuiglijk naar de gang wendde: 'Belle?'

Hij zag heel goed hoe de twee een blik wisselden. Later kon hij die blikken in woorden vertalen. Christines blik zei tegen de dokter: 'Kijk... hij lijkt het echt niet te weten... wat vindt u daarvan?'

En de blik van Wilburn, aan wie Spencer nooit de pest had gehad, leek te antwoorden: 'Inderdaad... Misschien hebt u gelijk... Alles kan, nietwaar...? Eigenlijk is het uw zaak...'

Heel luid zei Christine: 'Iets ergs, Spencer.'

Ze deed twee stappen de gang in en draaide zich weer om.

'Weet je zeker dat je gisteravond de deur niet uit bent geweest?'

'Ja.'

'Zelfs niet eventjes?'

'Ik ben de deur niet uit geweest.'

Weer een blik naar de dokter. Weer twee stappen. Ze dacht na, stopte weer.

'Heb je 's avonds niets gehoord?'

'Niets. Ik heb aan mijn draaibank gewerkt. Hoezo?'

Wat waren dit voor manieren? Hij schaamde zich bijna. Vooral omdat hij zich belaagd voelde en als een schuldige antwoordde.

Christine wees met haar hand naar de deur.

'Belle is dood.'

Dat sloeg hem op de maag, misschien door al het voorafgaande, en hij kreeg een vage braakneiging. Het leek of Wilburn, achter hem, zijn reacties moest bespieden om hem zo nodig de aftocht te beletten.

Hij had begrepen dat het geen natuurlijke dood was, anders hadden ze niet zo vreemd gedaan. Maar waarom durfde hij ze niet gewoon vragen te stellen? Waarom speelde hij groeiende verbazing?

Hij kreeg zelfs zijn stem niet in zijn normale register.

'Waar is ze aan gestorven?'

Hij besefte ineens dat ze allebei wilden dat hij in haar kamer zou kijken. In hun ogen moest dat een soort bewijs leveren, en hij zou niet kunnen zeggen waarom hij aarzelde te kijken en nog minder waar hij bang voor was.

De blik van Christine, recht in zijn ogen, kil en helder als van een vreemde, bracht hem ertoe een stap vooruit te doen en zijn hoofd te buigen, met Wilburns adem in zijn nek.

2

Het was een van de drie, vier beschamende herinneringen die hem jarenlang hadden achtervolgd voor hij in slaap viel. Hij moest zo'n jaar of dertien zijn geweest in die schuur in Vermont, op een winterse zaterdag, samen met een even oude andere jongen, en de sneeuw lag zo dik dat je je gevangen voelde in de onmetelijkheid.

Ze hadden allebei een holletje in het hooi gemaakt en keken zwijgend naar buiten, naar de zwarte, complexe tekening van boomtakken. Misschien hadden ze toen genoeg gekregen van het zwijgen en stil liggen. Het vriendje heette Bruce. Nog steeds wilde Ashby er liever niet aan denken. Bruce had iets uit zijn zak gehaald, had het hem voorgehouden en gevraagd met een stem die hem had moeten waarschuwen: 'Ken je dit?'

Het was een obscene foto met alle details rauw zichtbaar – rauw als de bomen tegen de sneeuw – scherp afgetekend tegen ziekelijk bleek vlees.

Een bloedgolf had hem doorspoeld, hij kreeg een brok in zijn keel, zijn ogen raakten vochtig en heet, allemaal in één seconde. Zijn hele lijf was ten prooi aan een onbekende angst, hij durfde niet meer te kijken naar de twee naakte lijven op de foto, noch naar zijn vriend, en wegkijken durfde hij ook niet.

Hij had lang gedacht dat dit het beroerdste moment van zijn leven was geweest, vooral toen hij ten slotte met moeite zijn hoofd had opgetild en hij Bruce doortrapt, spottend en samenzweerderig had zien grijnzen.

Bruce wist wat de foto bij Spencer teweeg had gebracht. Hij had het expres gedaan, had hem beloerd. Al woonde hij naast hem en waren hun ouders bevriend, Ashby had hem daarna nooit meer buiten school willen zien.

Bijna net zo'n gevoel had hij na zoveel jaar weer, toen hij de kamer in keek, dezelfde plotse warme steken in zijn ledematen, dezelfde prikkende ogen, dezelfde brok in zijn keel, dezelfde schaamte. En ook nu had er iemand naar hem geloerd, met net zo'n blik als Bruce.

Al zag hij dokter Wilburn niet naar hem kijken, hij wist het zeker.

De jaloezieën waren omhoog en de gordijnen open, wat bijna nooit gebeurde, zodat de kamer, tot in de verste hoeken, vol was van het harde morgenlicht, zonder halfduister, zonder mysterie. Vandaar de indruk dat het er kouder was dan in de rest van het huis.

Het lijk lag midden in de kamer, dwars over het groene karpet, de ogen open, de mond gapend, de blauwwollen jurk opgestroopt tot halverwege haar buik, wat zicht bood op haar step-in met zwarte jarretelles die nog kousen ophielden, terwijl haar bleekroze slip verderop als een zakdoek in een propje lag.

Hij had geen stap gezet en geen spier verroerd en was Christine dankbaar dat ze vrij snel de deur had gesloten met een gebaar alsof ze een laken over het lijk legde.

Daarentegen haatte hij voorgoed dokter Wilburn die met zijn grijns toonde dat hij precies zijn soort verwarring doorhad.

Earl Wilburn nam het woord.

'Ik heb van hier de coroner gebeld, hij kan elk moment komen.'

Ze waren alle drie terug in de zitkamer, waar vanwege het fletse ochtendlicht de lampen waren aangelaten. Alleen de dokter was in een fauteuil gaan zitten.

'Wat hebben ze met haar gedaan?'

Dat wilde hij niet vragen, hij bedoelde: 'Waar is ze aan gestorven?'

Of preciezer: 'Hoe is ze vermoord?'

Hij had geen bloed gezien, alleen een ongewoon bleke huid. Hij had zijn beheersing nog niet terug. Hij wist nu zeker dat zijn vrouw en de dokter hem hadden verdacht en misschien nog steeds verdachten. Dat Christine na de ontdekking van Belles lijk niet meteen hem had gebeld, was een bewijs dat er niet open jegens hem gehandeld was, want normaliter had hij moeten beslissen en moeten weten wat er in zo'n geval te doen stond.

Alsof ze zijn gedachtegang ried, zei ze: 'Dokter Wilburn is de gemeentelijke lijkschouwer.'

En ze ging verder, op de toon die ze zou hebben aangenomen tegenover een van haar comités: 'Bij verdachte sterfgevallen moet hij altijd als eerste worden ingelicht.'

Ze was goed op de hoogte van dat soort zaken, iemands officiële functies, bevoegdheden en speciale taken.

'Belle is gewurgd. Dat is duidelijk. Daarom heeft de dokter de coroner in Litchfield gewaarschuwd.'

'Niet de politie?'

'Het is aan de coroner om de politie van het district of de staat te bellen.'

'Ik neem aan,' zuchtte hij, 'dat ik beter de directeur kan bellen dat ik vandaag niet meer naar school kom.'

'Heb ik al gedaan. Hij verwacht je niet.'

'Heb je gezegd...?'

'Alleen dat Belle iets was overkomen, zonder verdere details.'

Hij nam het zijn vrouw niet kwalijk dat ze haar tegenwoordigheid van geest bewaarde. Hij wist dat het geen ongevoeligheid was, eerder het gevolg van lange training. Hij durfde te wedden dat ze piekerde over de manier waarop de mensen het zouden horen, dat ze de voors en tegens afwoog en zich afvroeg of ze niet zelf een paar mensen zou bellen.

Toen pas trok hij zijn regenjas uit, zette zijn hoed af,

pakte een pijp uit zijn zak en vond eindelijk zijn eigen stem terug om te zeggen: 'Met alle auto's die er straks komen, kan ik de onze beter in de garage zetten om de inrit vrij te maken.'

Hij dacht vaag aan een slok whisky om de toestand in de hand te krijgen, maar beheerste zich. Bij het verlaten van de garage zag hij Bill Ryan de heuvel op rijden met een onbekende jonge vrouw naast zich. Hij had niet beseft dat Ryan de coroner was.

Hij schrok. Misschien omdat de zeldzame ontmoetingen met hem dateerden van party's waar Bill altijd als een van de eersten te hard praatte en zich overdreven joviaal gedroeg.

Op weg naar de voordeur ontwaarde hij alweer de roze peignoir bij het raam van de Katzen.

'Wat is er gebeurd, Spencer? Heb ik het goed, is er iemand vermoord?'

'De dokter vertelt het u wel. Hij heeft u gebeld.'

Als een van zijn leerlingen een humeur had zoals hij die ochtend, wist hij bij voorbaat dat er niets uit hem te krijgen was. Hij nam niemand in het bijzonder iets kwalijk, behalve de dokter. Hij was Christine flink dankbaar dat ze hem af en toe een bemoedigende blik toewierp, alsof ze hem wilde laten weten dat ze zijn vriendin was. Dat was ze ook. Ze waren goede vrienden.

'Dit is mijn secretaresse, miss Moeller. Doe uw jas uit

en maak u klaar voor de aantekeningen, miss Moeller.'

Hij haperde telkens bij haar naam, alsof hij gewoon was haar bij de voornaam te noemen. Hij verontschuldigde zich bij Christine dat hij zich gedroeg alsof hij thuis was.

'Mag ik even?'

Hij nam Wilburn apart. Beiden spraken zacht, beurtelings naar het echtpaar kijkend, en gingen toen naar Belles slaapkamer, waar ze de deur eerst openlieten, maar later toch sloten.

Waarom ergerde het Spencer dat miss Moeller, nadat ze zich ontdaan had van haar hoed, jas en overschoenen, haar kapsel fatsoeneerde met behulp van een zakspiegeltje? Hij wilde wedden dat de kam niet schoon was. Ze was ordinair en had waarschijnlijk een grove en slappe huid, maar was van het agressieve soort. Ryan was een jaar of veertig, driftig, met sterke schouders en een vrouw die bijna altijd ziek was.

'Wilt u misschien een kopje koffie, miss Moeller?' stelde Christine voor.

'Graag.'

Pas toen besefte hij dat zijn vrouw na zijn vertrek naar school, waar hij maar even geweest was, tijd had gehad om haar toilet te maken en zich aan te kleden. Haar gezicht was niet bleker dan anders, integendeel. Als er een teken van emotie was, dan in de paarse schijfjes van haar pupillen, die nergens houvast vonden. Ze keek naar iets en hipte meteen door naar iets anders, alsof ze het ene noch het andere zag.

'Als het mag, zou ik graag een paar mensen bellen.'

Dat zei Ryan toen hij terugkwam. Hij belde de staatspolitie, sprak tegen een inspecteur die hij persoonlijk leek te kennen en belde vervolgens naar een ander kantoor waaraan hij als een chef instructies gaf.

'Ik vrees,' legde hij vervolgens aan Christine uit, 'dat we u vandaag veel moeten lastigvallen en ik verzoek u deze kamer te mogen gebruiken. Hebt u geen tafeltje nodig, miss Moeller?'

'Ik red me wel met de leuning van de bank.'

Bij die woorden trok ze aan de zoom van haar jurk. Ze zat heel laag in de kussens met haar knieën omhoog. Haar benen leken lichte zuiltjes, die ze nog tien, twintig keer vergeefs zou proberen te bedekken. Spencer ging er uiteindelijk haast van tandenknarsen.

'Ik raad iedereen aan comfortabel te gaan zitten. Ik verwacht enerzijds inspecteur Averell van de staatspolitie en anderzijds mijn oude medewerker van de districtspolitie. Voordat ze er zijn wil ik u graag een paar vragen stellen.'

Met een wenk leek hij tegen miss Moeller te zeggen: 'Daar gaat-ie!'

Daarna keek hij naar Ashby, naar zijn vrouw, aarzelde en besloot dat hij beter Christine kon verhoren als hij precieze antwoorden wilde krijgen.

'Allereerst haar naam graag. Ik herinner me niet u samen met haar ontmoet te hebben...'

'Ze logeert hier pas een maand.'

Tegen de secretaresse spelde Christine:

'Belle Sherman.'

'Familie van de Bostonse bankier?'

'Nee. Van andere Shermans, uit Virginia.'

'Is ze familie van u?'

'Niet van mij, noch van mijn man. Lorraine Sherman, Belles moeder, is een jeugdvriendin. Of liever, we zaten op dezelfde school.'

Ashby zat bij het raam en keek afwezig, mokkend, in elk geval chagrijnig naar buiten. Zijn vrouw had meer van die vriendinnen met wie ze regelmatig schreef en die ze aan tafel met hun voornaam ter sprake bracht, alsof hij ze al jaren kende.

Op den duur leerde hij ze kennen zonder ze ooit gezien te hebben.

Lorraine was lange tijd een van die vele namen geweest. Hij lokaliseerde haar vaag in het zuiden en zag een wat manachtige dikke meid voor zich die om de haverklap lachte en opzichtige kleren droeg.

Van die vriendinnen had hij er uiteindelijk een paar gezien. Ze bleken allemaal, zonder uitzondering, banaler dan hij zich had voorgesteld.

Bij Lorraine was het bijna een roman in afleveringen geweest. Maandenlang had Christine de ene brief na de andere gekregen.

'Ik vraag me af of ze niet gaat scheiden.'

'Is ze ongelukkig?'

Daarna was het de vraag of Lorraine of haar man de scheiding zou aanvragen en of ze naar Reno zouden gaan of de procedure in Virginia zouden afwerken. Hij wist nog dat er een huis te verdelen was met terreinen die in waarde zouden stijgen, wat de zaak ingewikkeld maakte.

En ten slotte vroeg ze zich af of Lorraine al dan niet de voogdij over haar dochter zou krijgen, zodat Spencer, zonder veel nadenken een meisje voor zich zag van een jaar of tien, met vlechtjes.

Blijkbaar had Lorraine gewonnen en het meisje toegewezen gekregen.

'De stakker is uitgeput door dat geknok en heeft bovendien van de ene dag op de andere geen vermogen meer. Ze wou naar Europa waar ze familie heeft, om te kijken of...'

Het verhaal kwam bijna altijd bij het avondeten aan bod, op hetzelfde moment, voor het toetje. Het had het hele seizoen geduurd.

'Ze kan haar dochter niet verder laten studeren en haar ook niet zomaar meenemen zonder te weten hoe haar familie reageert. Ik heb aangeboden Belle een paar weken in huis te nemen.'

Zo was die naam in zijn leven gekomen, had op een dag gestalte gekregen, was een meisje geworden met roodbruin haar aan wie hij nauwelijks aandacht had besteed. Voor hem was ze de dochter van een onbekende vriendin van Christine. Meestal hadden de twee samen gebabbeld, als vrouwen onder elkaar. Per slot van rekening zat Belle in de gevaarlijke leeftijd. Het was moeilijk te zeggen wat hij daarmee bedoelde. Iets jonger en ze was nog een kind geweest. Iets ouder en hij zou haar zijn tegengekomen op party's en als volwassene hebben aangesproken. In feite had ze de leeftijd van de meisjes met wie zijn oudste leerlingen begonnen uit te gaan.

Hij had haar niet koel bejegend en was haar ook niet ontlopen. Maar misschien was hij na het eten toch eerder dan anders naar zijn hol gegaan.

Daar wilde hij nu ook heen, terwijl Christine de vragen zat te beantwoorden. Hij wilde zijn tabakspot halen, want de tabak in zijn tabakszak was uitgedroogd. Hij schrok op toen Bill Ryan hem terugriep.

'Waar ga je heen, kerel?'

Vanwaar dat nepjoviale?

'Naar mijn werkkamer, tabak halen.'

'Ik heb je straks nodig.'

'Ik ben zo terug.'

Ryan en de dokter keken elkaar aan.

'Vat het niet verkeerd op, Spencer, maar ik heb liever dat je hier blijft. De politie komt eraan en daarna het technische team. Je weet hoe dat gaat. Je kent het wel uit de krant: foto's, vingerafdrukken, analyses en de hele rataplan. Voorlopig mag er niets worden aangeraakt.'

Hij draaide zich weer naar Christine en vervolgde: 'U zei dus dat haar moeder nu in Parijs zit en dat u weet hoe ze te bereiken is. Straks bespreken we de tekst van het telegram dat we gaan sturen.'

Tegen Spencer: 'Je vrouw beweert dat je gisteravond de deur niet uit bent geweest.'

'Dat klopt.'

Ryan voelde de behoefte om pseudo-onschuldig te glimlachen, 'zoals alle lafaards, alle slappelingen', vond Ashby.

'Waarom?'

'Omdat ik geen zin had om uit te gaan.'

'Je bridget toch?'

'Soms.'

'En goed ook, hè?'

'Redelijk.'

'Je vrouw heeft je gisteren expres vanaf de Mitchells gebeld dat er een toernooi werd georganiseerd.'

'Ik zei toen dat ik mijn werk nog afmaakte en dan naar bed ging.'

'Was je in deze kamer?'

Hij had een blik op de telefoon geworpen, denkend dat het de enige in huis was, misschien in de hoop dat Ashby zich zou verraden.

'Ik was in mijn werkkamer, waar ook mijn houtdraaibank staat.'

'Ben je naar boven gegaan toen de telefoon ging?'

'Ik heb hem beneden opgenomen, daar staat een extra toestel.'

'Heb je de hele avond niets gehoord?'

'Niets.'

'Ben je niet in deze kamers geweest?'

'Nee.'

'Heb je miss Sherman niet thuis zien komen?'

'Ik heb haar niet thuis zien komen, maar ze is me dag komen zeggen.'

'Hoelang is ze in je werkkamer gebleven?'

'Ze is er niet binnen geweest.'

'Pardon?'

'Ze bleef in de deuropening. Toen ik opkeek, was ik verbaasd, want ik had haar niet binnen horen komen.'

Hij sprak kort en bondig, bijna arrogant, alsof hij Ryan op zijn plaats zette, en hij keek niet naar hem, maar expres naar de secretaresse die zijn woorden stenografeerde.

'Zei ze dat ze naar bed ging?'

'Ik weet niet wat ze zei. Ze praatte maar ik verstond niets, want mijn draaibank liep en die overstemde haar. Voordat ik de tijd had hem uit te zetten, was ze weg.'

'Denk je dat ze toen van de bioscoop terugkwam?'

'Waarschijnlijk.'

'Hoe laat was het?'

'Geen idee.'

Vergiste hij zich in zijn veronderstelling dat Christine, daarnet nog duidelijk aan zijn kant, hem nu begon af te keuren? Dat kwam zeker door haar eerbied voor verworven posities, wat in feite neerkwam op haar befaamde gemeenschapszin. Hij had haar een keer over dominees horen redeneren in een discussie over goede en slechte predikanten. Nu gaf Spencer kortaf en bijna grof antwoord aan de coroner, de man die in het district de taak had voor iedereen de gerechtigheid te waarborgen. Het deed er niet toe dat de coroner Bill Ryan was, een dikvlezige man die niet als een gentleman kon drinken en wiens glimmende gezicht door Ashby met toenemend ongenoegen aanschouwd werd.

'Had je je horloge in je zak?'

'Nee, Mr. Ryan. Die liet ik in mijn kamer liggen toen ik een andere broek had aangetrokken.'

'Dus je ging naar boven om je te verkleden?'

'Inderdaad.'

'Waarom?'

'Omdat ik klaar was met proefwerken nakijken en aan de draaibank ging werken, waar je vies van wordt.'

Dokter Wilburn begreep dat de ander geïrriteerd raakte en keek, achterover in zijn fauteuil, naar het plafond, met de gelukzalige uitdrukking van sommige schouwburgbezoekers.

'Was dat meisje, Belle, in haar slaapkamer toen je naar boven ging?'

'Nee, dat was voor haar terugkomst...'

'Pardon! Hoe weet je dat ze niet in haar kamer was? Niet boos worden, Ashby. We moeten dingen ophelderen. Ik twijfel geen moment aan je volstrekte eerlijkheid, maar ik moet alles weten wat afgelopen nacht in dit huis is gebeurd. Je was in je werkkamer. Goed. Je keek proefwerken na. Oké. Toen je klaar was, ging je naar boven om je te verkleden. Nu vraag ik je: waar was Belle toen?'

Hij had direct moeten antwoorden: 'In de bioscoop.'

Maar nu aarzelde hij, misschien vanwege de secretaresse die zijn antwoorden opschreef. Was hij zich voor of na de terugkomst van Belle gaan omkleden? Hij had ineens een soort zwart gat in zijn geheugen, net als sommige leerlingen bij mondelinge overhoringen.

'Als hij aan zijn draaibank werkte...' opperde Christine geheel onbevangen.

Natuurlijk! Als hij aan zijn draaibank werkte toen

Belle thuiskwam – *en dat was zo* – droeg hij zijn oude grijze flanellen broek. Dus hij was vóór de terugkomst van het meisje naar zijn slaapkamer gegaan om zich te verkleden.

'Ik heb liever dat hij zelf antwoordt. Spencer, je beweert dat ze je dag kwam zeggen en maar even bleef. Hoelang precies?'

'Nog geen minuut.'

'Had ze haar muts op en haar jas aan?'

'Ze had een donkere baret op.'

'En haar jas?'

'Ik herinner me geen jas.'

'Je neemt aan dat ze terugkwam van de bioscoop, maar ze had ook kunnen komen zeggen dat ze van plan was weer uit te gaan.'

Christine kwam er weer tussen.

'Ze zou zo laat niet weer zijn uitgegaan.'

'Weet je met wie ze naar de bioscoop was?'

'Daar komen we gauw achter.'

'Had ze een vriendje?'

'Alle jongens en meisjes uit de buurt aan wie we haar voorstelden mochten haar graag.'

Christine werd niet boos, al ontging de verdenking jegens haar logee haar niet.

'Was er ook een bijzonder frequente bij?'

'Niet dat ik weet.'

'Ik neem aan dat ze u niet in vertrouwen nam. Eigenlijk kende u haar pas een maand. Een maand zei u toch?'

'Maar haar moeder ken ik goed.'

Dat was echt iets voor Christine en het betekende niets. Miss Moeller trok aan haar jurk. Ashby durfde te wedden dat ze Bertha of Gaby heette en elke zaterdag ging dansen in neonverlichte zaaltjes.

Op de oprit stopten twee auto's achter elkaar, allebei met nummerplaten van de overheid. De eerste werd bestuurd door een geüniformeerde agent van de staatspolitie en eruit stapte inspecteur Averell, in burger, terwijl uit de tweede auto een mager mannetje van onbestemde leeftijd verscheen, ook in burger, met een ouderwetse hoed, die eerbiedig op de inspecteur afliep. Ashby wist dat hij de chef van de districtspolitie was, maar kende zijn naam niet.

De twee mannen schudden elkaar buiten de hand, wisselden een paar zinnen, stampten met hun laarzen, keken naar het huis en naar dat van de Katzen, en het roze silhouet van Mrs. Katz schrok zeker van inspecteur Averell, want ze verdween snel.

Bill Ryan was opgestaan om hen tegemoet te lopen. De dokter stond ook op. Iedereen, ook miss Moeller, schudde elkaar de hand. Er zat een Averell op Crestview School, maar Ashby had hem nog niet in de klas en kende hem alleen van naam. De vader was een mooie man met grijs haar, een roze gezicht en blauwe ogen, die verlegen of melancholiek leek.

'Kunt u deze kant op komen?' vroeg Ryan.

De dokter volgde hen en alleen de secretaresse bleef tussen Spencer en zijn vrouw zitten. Die bood aan: 'Nog een beetje koffie?'

'Nou, als het u niet ontrieft.'

Christine vertrok naar de keuken en haar man bleef zitten. Als Spencer haar volgde zou het na Ryans woorden hebben geleken dat hij haar god weet welke geheimen ging toefluisteren.

'U hebt een mooi uitzicht.'

Juf Moeller voelde zich verplicht te converseren en glimlachte mondain.

'Ik denk dat u hier meer sneeuw hebt dan in Litchfield. U zit in elk geval hoger...'

Hij zag weer de roze peignoir bij het raam van de Katzen en onder aan de oprit stonden twee vrouwen uit de verte de politieauto's te bekijken.

Het magere kereltje kwam alleen terug uit Belles kamer, deed de deur achter zich dicht en liep naar de telefoon.

'Mag ik?'

Hij belde zijn kantoor, gaf instructies aan mannen die met apparatuur moesten komen. Christine kwam met koffie voor de secretaresse en voor haarzelf.

'Jij ook?'

'Nee, dank je.'

'Ik vrees, Mrs. Ashby, dat u vandaag niet veel rust krijgt in uw huis.'

Toen iedereen eindelijk zwijgend en met ernstige gezichten, alsof ze een geheim overleg hadden gevoerd, de slaapkamer had verlaten, was Ashby plotseling nerveus van zijn stoel opgestaan.

'Mag ik nog steeds niet naar mijn werkkamer?' vroeg hij.

Ze keken elkaar aan en Ryan verklaarde:

'Ik wilde daarnet liever voorkomen...'

'Mr. Ashby, zou u zo vriendelijk willen zijn me uw werkkamer te laten zien?'

Dat zei Averell, allerbeleefdst en zelfs zachtaardig. Hij bleef, zoals Belle de vorige avond, boven aan de drie treetjes staan en leek de plek niet te bekijken als rechercheur, maar als iemand die ook wel zo'n schuilhol zou willen om zijn avonden door te brengen.

'Kunt u uw draaibank even aanzetten?'

Dat was onderdeel van het onderzoek. Ook hij sprak, terwijl de draaibank bromde, met zichtbaar bewegende lippen, en daarna gaf hij een teken de motor te stoppen.

'Je hoort inderdaad niets als de draaibank loopt.'

Hij had best willen blijven praten, had graag de draaibank aangeraakt en de door Spencer gedraaide voorwerpen en de boeken bekeken en misschien de oude leren fauteuil uitgeprobeerd die er zo geriefelijk uitzag.

'Ik moet weer naar boven, daar wacht werk. U weet niets, hè?'

'De laatste keer dat ik haar heb gezien stond ze op de drempel waar u nu staat en ik weet niet wat ze zei, heb alleen haar laatste woord geraden: Welterusten.'

'Is u niets opgevallen in de loop van de avond?'

'Niets.'

'Ik neem aan dat u de voordeur op slot hebt gedaan?'

Daar moest hij over nadenken.

'Ik dacht van wel. Ja, ik weet het zeker. Ik weet nog dat mijn vrouw door de telefoon zei dat ze de sleutel mee had.'

De ernst van de inspecteur trof hem.

'Bedoelt u dat hij door de deur is binnengekomen?' vroeg hij angstig.

Hij had die vraag niet moeten stellen. Die dingen moeten waarschijnlijk bij een onderzoek geheim blijven. Dat begreep hij uit Averells houding, al maakte deze een vage hoofdbeweging die als bevestiging zou kunnen worden opgevat.

'Ik ga maar.'

Hij vertrok. Ashby bleef, zonder precies te weten waarom, alleen in zijn werkkamer, waarvan hij de deur sloot. Vijf minuten later had hij daar spijt van.

Niemand had hem uit de zitkamer weggestuurd, hij had zich uit eigen beweging geïsoleerd. Maar hier kon hij niet meer volgen wat er gebeurde, hij hoorde alleen geloop. Er waren minstens twee auto's de oprit opgekomen; een was er weggereden.

Waarom had hij zich als een mokkend kind gedragen?

Later, dat wist hij zeker, als ze eindelijk alleen zouden zijn – maar wanneer zou dat gebeuren? – zou Christine hem zachtaardig, zonder verwijt, zeggen dat hij te lichtgeraakt was, dat hij zich onnodig kwelde, dat die mensen, Ryan incluis, alleen hun plicht deden.

Zou ze eraan durven toevoegen dat zij, ook zij, bij het ontdekken van Belles lijk hem niet had vertrouwd, zodat ze eerst dokter Wilburn had gebeld?

Hij wist alweer niet hoe laat het was en het kwam niet bij hem op zijn horloge uit zijn zak te halen, misschien omdat hij in zijn hol bijna altijd zijn grijze flanellen broek droeg. In de kast stond de fles scotch, waaruit hij elke avond twee glazen dronk, en hij had de neiging er eentje te nemen. Maar ten eerste had hij geen glas en het stuitte hem tegen de borst als een zatlap uit de fles te drinken; en ten tweede was het vast nog geen elf uur 's morgens, voor zijn gevoel de ondergrens voor het gebruik van alcohol.

Waarom zou hij drinken, trouwens? Hij had een pijnlijk, vernederend moment beleefd, dat hij liever zou vergeten, zoals hij jarenlang geprobeerd had de grijns van Bruce te vergeten. Het was heftig geweest, mechanisch als het ware. Het was zijn schuld niet. Hij had er geen enkel plezier aan beleefd, integendeel. Wist de dokter dat niet? Overkwam dat niet alle mannen?

Hij had nooit op een dubieuze manier aan Belle gedacht. Hij had nooit naar haar benen gekeken zoals daarnet naar de benen van de secretaresse en had geen idee hoe ze eruitzagen.

Hij nam miss Moeller haar maniertjes kwalijk, haar aandachttrekkerij met neppreutse gebaren. Hij haatte dat soort vrouwen net als lui zoals Ryan. Eigenlijk pasten die twee goed bij elkaar.

Er leek gesleept te worden met meubels. Waarschijnlijk probeerden ze aanwijzingen te vinden. Zou dat lukken? Wat voor aanwijzingen? Om wat te bewijzen?

Daarnet had de inspecteur hem gevraagd...

Waarom was hem dat niet opgevallen? Het ging erom of hij de voordeur wel of niet op het nachtslot had gedaan. Toen Christine 's nachts thuiskwam had ze beslist niets abnormaals gemerkt. Anders had ze het hem wel gezegd, voor ze ging slapen. De voordeur was dus op slot geweest. Hij wist bijna zeker dat hij hem op slot had gedaan.

Stom genoeg besefte hij nu pas dat dus een ander

– aangezien hij Belle niet had vermoord – het huis was binnengedrongen en dat was niet het enige wat hij nu pas besefte.

Waar had zijn verstand gezeten?

Het was een simpel, hard en helder feit dat het gebeurd was onder zijn dak, in zijn huis, op een paar meter van hem vandaan. Als het tijdens zijn slaap was gebeurd, waren er tussen hem en Belles kamer maar twee wanden geweest.

Hij was niet zozeer geschokt door het idee dat een onbekende het slot had geforceerd of een raam was binnen geklommen.

Ze hadden met z'n drieën in huis geleefd. Al logeerde Belle pas een maand bij hen, toch waren ze met z'n drieën. Christines gezicht was hem zo vertrouwd dat hij het niet meer zag en aan Belles gezicht had hij evenmin aandacht besteed.

Ze kenden iedereen. Niet alleen de mensen van hun kringen, ook de gezinnen in de wijk beneden, de arbeiders van de kalkoven en van de aannemer, de werksters.

Volgens Christine vormde dat geheel wel degelijk een gemeenschap en dat woord had hem nooit zo getroffen als die ochtend, juist om wat er gebeurd was.

Want er was iemand gekomen, hier, bij hem, in zijn huis, met het voornemen Belle aan te randen en misschien te vermoorden.

Hij kreeg het er koud van. Het raakte hem persoonlijk, hij voelde zich ergens door bedreigd.

Kon hij maar denken dat het een zwerver was geweest, een totale vreemdeling, iemand van elders, maar die kans was niet groot. Welke zwerver dwaalt er rond in december, als er sneeuw op de wegen ligt? En hoe had een zwerver kunnen weten dat er precies in dit huis, in die kamer, een meisje woonde? Hoe had hij geluidloos binnen kunnen sluipen?

Het was angstwekkend. Waarschijnlijk hadden die lui in de zitkamer dat ook al bedacht, hadden ze dat samen doorgenomen.

Zelfs als iemand Belle uit de bioscoop was gevolgd... Dan had zij hem open moeten doen. Dat sneed geen hout. Zo iemand had haar op straat aangerand en niet gewacht tot ze een verlicht huis binnenging waar waarschijnlijk anderen waren.

Hoe kon een vreemde weten dat ze een eigen kamer had?

Hij voelde zich zwak. Hij was ineens elk vertrouwen kwijt. De wereld om hem heen leek enigszins te wankelen.

De dader kende Belle en kende het huis, dat kon niet anders. Dus het moest iemand uit de gemeenschap zijn, iemand met wie ze omgingen, iemand die waarschijnlijk bij hen op bezoek was geweest.

Hij ging er even bij zitten.

Een vriend dus, een vrij goede bekende, dat moest hij wel toegeven.

Goed. Als hij, zij het met tegenzin, moest toegeven dat de dader ooit bij hem thuis geweest kon zijn, waarom zouden anderen dat dan niet denken...

Hij had zich de hele morgen als een idioot gedragen. Hij had nors gereageerd op Ryans vragen, zonder te beseffen dat de coroner ze opzettelijk stelde, met een vooropgezet doel.

Als iemand het had gedaan...

Ja, dat lag voor de hand: als iemand het had gedaan, waarom hij dan niet? Dat werd natuurlijk ook telkens geopperd als er een nieuwkomer naar Belles kamer werd meegenomen. En daarna werd er in de zitkamer naar hem geloerd.

Waarom zou Christine niet ook aan die mogelijkheid gedacht hebben?

Het was licht misselijk makend, meer niet, vooral die dubbelzinnige grijns van dokter Wilburn.

Misschien vergiste hij zich en werd hij helemaal niet verdacht, misschien hadden ze redenen om hem uit te sluiten. Hij was nergens van op de hoogte. Ze hadden hem niets duidelijks verteld. Er moesten toch aanwijzingen zijn?

Vergiste hij zich als hij vond dat inspecteur Averell

GEORGES
SIMENON

'Simenons boeken overkomen je.
Een prachtig initiatief van
De Bezige Bij om hoogtepunten
uit zijn oeuvre uit te brengen
in een nieuwe vertaling.'
– HET PAROOL

De legendarische Maigrets

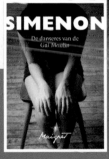

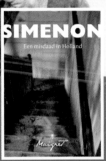

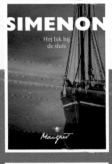

VERSCHIJNT MEI 2015

VERSCHIJNT MEI 2015

'De stuurse, ongrijpbare commissaris Maigret is
een gouden personage.' – DE TIJD

De Bezige Bij

GEORGES
SIMENON

De terugkeer van een grootmeester

De psychologische romans

VERSCHIJNT MEI 2015

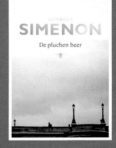

VERSCHIJNT MEI 2015

'Iedere aankomende schrijver zou verplicht Georges Simenon
moeten lezen. Ik heb oneindig veel van hem opgestoken.'
– Gabriel García Márquez

De Bezige Bij

hem vrij vriendelijk had bekeken toen ze samen naar zijn hol liepen? Jammer dat hij hem niet beter kende. Volgens hem hadden ze vrienden kunnen zijn. De man had hem geen details gegeven over wat er ontdekt was, maar dat paste ook niet bij zijn beroepscode.

Hij had nog een aanwijzing: zou miss Moeller, als hij echt van moord verdacht werd, alleen met hem in de kamer zijn achtergebleven om over sneeuw en hoogteverschil te converseren, terwijl Christine koffie zette?

Hij benijdde het gemak van zijn vrouw, in de zitkamer, boven. Het gemak van hen allemaal. Hun natuurlijkheid. Als ze uit de bewuste kamer terugkwamen, waren ze ernstig, maar niet geheel van de kaart. Ze overlegden waarschijnlijk wat de mogelijkheden waren.

Ashby wilde wedden dat ze op de zaak anders reageerden dan hij, dat ze niet, zoals hij, voor zich zagen hoe zo'n vent het huis binnenkwam en op Belle af sloop met het plan...

Hij merkte verrast dat hij op zijn nagels beet. Een stem riep hem:

'Je mag weer terugkomen, Spencer.'

Net alsof hij eerst was weggestuurd, terwijl hij toch uit eigen beweging was weggegaan.

'Waarom?'

Hij wilde niet verheugd lijken dat hij er weer bij mocht zijn.

'Mr. Ryan gaat weg. Hij wou je nog een paar dingen vragen.'

Hij merkte eerst dat dokter Wilburn er niet meer was, maar hoorde pas later dat het lijk was meegenomen naar de begrafenisondernemer. Op het moment dat hij terugkwam in de zitkamer, was Wilburn bezig met de sectie.

Hij zag inspecteur Averell ook niet. De kleine korpschef van het district zat met een kop koffie in een hoek.

Miss Moeller trok aan haar rok alsof ze vreesde dat hij haar benen zou vergeten.

'Gaat u zitten, Mr. Ashby...'

Christine stond bij de keukendeur en leek gegeneerd.

Waarom noemde Bill Ryan hem nu niet meer bij zijn voornaam?

3

Ze stonden samen voor het raam te kijken, hij en zij, slechts gescheiden door een fauteuil en een tafeltje, naar de auto die wegreed met een spoor witte damp uit de uitlaat. Nu wist Ashby wel hoe laat het was. Net kwart over een geweest. Ryan was als laatste eindelijk met zijn secretaresse vertrokken en ze hadden het rijk weer alleen.

Ze keken elkaar discreet aan, onnadrukkelijk. Tegen elkaar, nog meer dan tegen anderen, waren ze kies. Spencer was blij met Christine en zelfs vrij trots op haar. Hij kreeg niet de indruk dat ze boos was over zijn gedrag.

'Wat wil je eten? Je snapt wel dat ik geen boodschappen heb gedaan.'

Ze sprak expres over eten. Ze had gelijk. Dat maakte de sfeer wat intiemer. Ze ging ook expres de asbak leeggooien waarin Ryan de peuk van een van zijn grote sigaren had achtergelaten. Die geur waren ze niet gewend in huis. De man had de hele tijd gerookt en als hij de sigaar uit zijn mond haalde om hem zelfvoldaan te bekijken, walgden ze bij het zien van het afgesabbelde glimmende uiteinde.

'Zal ik een blikje cornedbeef openmaken?'

'Liever sardientjes of iets anders kouds.'

'Met sla?'

'Ja, doe maar.'

Hij voelde zich ineens moe. Hij vergiste zich misschien, maar had het gevoel uit de diepte op te duiken. Maar het was vast allemaal nog niet voorbij! Ze zouden al die mensen beslist stuk voor stuk terugzien en er viel nog heel wat op te helderen. Niettemin was het opbeurend dat hij eerzaam uit Ryans verhoor tevoorschijn was gekomen. Dachten ze dat niet allebei zonder het uit te spreken?

Het had hem gestoord dat Christine naar de keuken was verdwenen toen hij weer naar de zitkamer terug mocht. Hij had zich afgevraagd waarom ze wegging toen hij terugkwam, tot hij aan het gezicht van Bill Ryan had gezien dat deze daartoe vermoedelijk opdracht had gegeven.

Dat detail alleen al had het gesprek met Ryan een andere toets gegeven en het was geen gewoon gesprek meer te noemen. Alleen al dat 'Mr. Ashby' waarop hij getrakteerd was. Ryan gebruikte opzettelijk alle trucs die je advocaten bij kruisverhoren zag uithalen, door omstandig zijn zakdoek uit te vouwen voordat hij er zijn neus in snoot of door ernstig aan zijn sigaar te trekken alsof hij een belangrijke aanwijzing overdacht. De aanwezigheid van de korpschef zou zijn behoefte om goed voor de dag te komen wel vergroot hebben, al was miss Moeller, wie hij af en toe een knipoog gaf, hem voldoende publiek.

'Ik ga mijn secretaresse niet vragen u voor te lezen wat u ons daarnet hebt verklaard. Ik neem aan dat u dat nog weet en niet betwist. Gisteravond bent u naar uw werkkamer gegaan om de proefwerken van uw leerlingen na te kijken en u droeg toen het bruine pak dat u thans draagt.'

In Ashby's aanwezigheid was er nog geen sprake van een pak geweest. Dat detail was dus afkomstig van zijn vrouw.

'Na het nakijkwerk ging u naar boven, naar uw slaapkamer, om u te verkleden. Hebt u toen deze broek aangetrokken?'

Over Spencers hoofd heen zei Ryan tegen de korpschef: 'Mr. Holloway, wilt u even...'

Deze trad voorwaarts, zoals een griffier op de rechtbank, met de broek en het hemd in de hand.

'Herkent u deze?'

'Ja.'

'Ging u dus in deze kleren terug naar beneden en droeg u ze toen miss Sherman thuiskwam?'

'Die droeg ik toen ik haar op de drempel van mijn werkkamer zag staan.'

'U kunt gaan, Mr. Holloway.'

Ze hadden iets afgesproken, want de korpschef, in plaats van terug te gaan naar zijn plaats, stak zich in zijn regenjas en grote gebreide wanten en begaf zich naar de deur, met de zojuist getoonde kledingstukken onder zijn arm.

'Maak u niet druk, Mr. Ashby. Een pure formaliteit. Ik wil nu graag dat u nadenkt, uw hersens pijnigt, het voor en tegen afweegt en me naar eer en geweten antwoordt, zonder uit het oog te verliezen dat u gevraagd zal worden uw verklaringen onder ede te herhalen.'

Hij was tevreden met zijn zin en Spencer draaide zijn blik weg die onwillekeurig aan de blanke benen van de secretaresse was blijven hangen.

'Weet u zeker dat u gisteravond op geen enkel moment een voet hebt gezet op een andere plaats dan die u ons genoemd hebt, te weten: uw werkkamer, uw slaapkamer, uw badkamer, de keuken en natuurlijk de zitkamer waar u doorheen moest?'

'Dat weet ik zeker.'

Maar toen hij de vraag zo gesteld kreeg, vroeg hij zich toch af of hij dat echt wel zo zeker wist.

'Neemt u niet liever even bedenktijd?'

'Die heb ik niet nodig.'

'Legt u me dan uit, Mr. Ashby, hoe het kan dat we hard bewijsmateriaal hebben van uw aanwezigheid, niet in miss Shermans slaapkamer, maar in haar badkamer? Ik hoef u er niet aan te herinneren, want het is uw eigen huis, dat die badkamer alleen via de slaapkamer te bereiken is. Ik luister.'

Op dat moment had hij om zich heen naar hulp gezocht en Christines vertrouwde rode koontjes willen zien. Hij begreep nu waarom Ryan haar de kamer uit had gestuurd. Ze waren al veel verder met hun verdenking dan hij vermoed had.

'Ik ben niet in haar kamer geweest,' mompelde hij, zijn voorhoofd afvegend.

'Ook niet in haar badkamer?'

'Uiteraard dus ook niet in haar badkamer.'

'Het spijt me dat ik aanhoud, maar ik heb goede redenen het tegendeel te geloven.'

'Het spijt me te moeten herhalen dat ik geen voet in die kamer heb gezet.'

Hij verhief zijn stem en voelde dat hij hem nog verder zou verheffen en misschien zijn zelfbeheersing zou verliezen. Door aan Christine te denken, alweer, hield hij zich in bedwang. De vuige Ryan – hij vond hem nu vuig – nam een minzame houding aan.

'Voor iemand als u, Ashby, heb ik geen lange uitleg nodig. De experts zijn langs geweest. In een hoek van de badkamer, in een vrij diepe gleuf tussen twee tegels, hebben ze zaagselsporen gevonden, kennelijk van hetzelfde zaagsel, de analyse zal het uitwijzen, als in uw werkkamer en op uw flanellen broek.'

Ryan zweeg en deed of hij aandachtig zijn sigaar bestudeerde. Toen beleefde Ashby vijf echt vreselijke minuten. Hij was niet echt bang. Hij wist dat hij onschuldig was en hield vol dat hij dat zou kunnen bewijzen. Maar hij moest de coroner meteen antwoorden, het was van kapitaal belang het probleem meteen op te lossen.

Want er was een probleem. Hij was geen slaapwandelaar. Hij wist zeker dat hij in de loop van de avond of nacht bij Belle geen voet binnen had gezet.

'U wilt misschien tegenwerpen dat ze wat draaibankzaagsel op haar kleren heeft gekregen toen ze u dag kwam zeggen. Inspecteur Averell is zojuist met u meegelopen naar uw werkkamer, is op dezelfde plaats gaan staan als gisteren miss Sherman en vroeg u toen om de draaibank aan te zetten. Toen hij hier terugkwam had hij niets van zaagsel op zijn kleren.'

Dat viel hem tegen van Averell en hij verdacht Ryan ervan hem zo de kans op een nieuwe vriendschap te willen ontnemen.

'Komt er al iets bij u boven?'

'Nee.'

'U krijgt zoveel tijd als u nodig hebt.'

Ashby zat in de fauteuil bij het raam en keek al peinzend af en toe op. Hij ontwaarde weer de roze peignoir aan de overkant en ditmaal dook die niet weg. Integendeel, een gezicht boog licht naar voren en twee zwarte ogen keken hem doordringend aan.

Dat verraste hem, want dat was nog nooit gebeurd. Zijn vrouw en hij hadden geen enkel contact met de Katzen. Hij zou zweren dat ze een soort boodschap in haar blik probeerde te leggen om hem met een amper waarneembaar gebaar iets te beduiden.

Hij zou zich wel vergissen. Het kwam door de spanning waarin hij leefde. Ryan hield doortrapt zijn zakhorloge in de holte van zijn hand, als bij een wedstrijd.

'Ik vergat u te zeggen, Mr. Ashby, dat u hoe dan ook, als getuige of verdachte, het recht hebt enkel te antwoorden in aanwezigheid van een advocaat.'

'Wat ben ik nu?'

'Getuige.'

Hij glimlachte vertwijfeld, keek nog eens naar het raam van de Katzen en wisselde van plaats, alsof hij zich schaamde hulp van buiten te vragen.

'Weet u het al?'

'Nee.'

'Geeft u toe dat u in haar badkamer bent geweest?'

'Daar ben ik niet geweest.'

'Hebt u een verklaring?'

Ineens proestte hij het bijna uit van lage triomf, want net toen hij het zoeken wilde opgeven wist hij het en het was zo simpel!

'Ik was niet gisteravond in Belles badkamer, maar eergisteravond. Ik had inderdaad mijn flanellen broek aan, want ik was in mijn werkkamer bezig toen mijn vrouw kwam zeggen dat het handdoekenrek weer van de muur was gevallen.'

Pas daarna brak het koude zweet hem uit.

'Het is al een paar keer losgekomen. Ik ging met mijn gereedschap naar boven en heb het weer vastgezet.'

'Hebt u daar een bewijs voor?'

'Mijn vrouw kan het bevestigen.'

Ryan keek steeds op een bepaalde manier naar de keukendeur en Ashby begreep het; hij moest zich weer beheersen. Die blik betekende dat Christine hun gesprek heel goed gehoord kon hebben en dat ze het niet zou tegenspreken. De coroner had trouwens kunnen tegenwerpen dat ze van de wet niet tegen haar man mocht getuigen.

'Wacht,' zei Ashby opstaand, gejaagd als een leerling die het antwoord op een vraag op zijn tongpuntje voelt. 'Wat is het voor dag vandaag? Woensdag?'

Hij ijsbeerde door de kamer.

'Woensdags werkt Mrs. Sturgis volgens mij bij Mrs. Clark.'

'Pardon?'

'Ik heb het over onze werkster. Ze werkt hier twee keer per week, maandag en vrijdag. Eergisteren, maandagavond, heb ik het handdoekenrek weer vastgezet. Ze heeft vast overdag gemerkt dat het losgegaan was.'

Hij nam de telefoon van de haak en draaide het nummer van de Clarks.

'Sorry dat ik u stoor, Mrs. Clark. Is Elise bij u? Kan ik haar misschien even aan de lijn krijgen?'

Hij gaf de hoorn aan Ryan, die hem wel moest aannemen en praten. Nadat hij had opgehangen sprak hij niet meer over Belles badkamer. Hij stelde nog een paar vragen, voor de vorm, om niet met een afgang af te sluiten. Waarom Ashby bijvoorbeeld voor hij ging slapen niet gemerkt had of er wel of geen licht te zien was geweest onder Belles deur. Hij had het licht in zitkamer en de gang uitgedaan. Toen het licht in zijn slaapkamer nog uit was, had het minste schijnsel hem toch moeten treffen? En had hij echt geen enkel geluid in huis gehoord? Hoeveel whisky's had hij eigenlijk op?

'Twee.'

Er moest iets schuilen achter die whiskyvraag.

'Hebt u er echt maar twee gedronken? Was dat genoeg voor zo'n diepe slaap dat u niet hoorde dat uw vrouw thuiskwam en naast u in bed stapte?'

'Zonder alcohol had ik haar ook niet gehoord.'

Dat was waar. Eenmaal in slaap werd hij pas de volgende morgen wakker.

'Welk merk whisky drinkt u?'

Hij noemde het. Ryan vroeg hem de fles uit zijn werkkamer te halen.

'Zo! Koopt u altijd zulke platte halveliterflessen?'

'Meestal wel.'

Dat was een oude gewoonte, uit de tijd dat hij zich maar een half flesje per keer kon veroorloven.

'Dronk miss Sherman whisky?'

Het stoorde hem haar miss Sherman te horen noemen, voor hem was ze altijd Belle geweest en nu schrok hij telkens op als van een onbekende naam.

'Nooit in mijn bijzijn.'

'Nooit samen gedronken?'

'Dat zeker niet.'

'Niet in uw werkkamer, noch in haar slaapkamer?'

Ryan haalde uit de leren aktetas naast zijn fauteuil een platte fles van hetzelfde merk als de fles die Ashby nog in zijn hand had.

'U bent natuurlijk goed op de hoogte, dus als u deze fles gebruikt had in de omstandigheden van gisteren, had u vast de moeite genomen de vingerafdrukken te verwijderen. Ja toch?'

'Ik begrijp u niet.'

'Deze fles lag in de kamer van miss Sherman, niet ver van het lijk, onder een fauteuil. Hij is leeg, zoals u ziet. De inhoud is niet op de vloer gelopen, maar opgedronken. Er stond geen glas in de slaapkamer. Het tandenpoetsglas in de badkamer was niet gebruikt.'

'Heeft zij...?'

Hij wilde het niet geloven; hij wist bijna zeker dat hij 'nee' zou horen.

'Ze moet wel rechtstreeks uit de fles hebben gedronken. Pure whisky dus. Over een paar minuten weten we hoeveel er in haar maag zit. Dankzij haar kegel is het al duidelijk dat ze een aanzienlijke hoeveelheid alcohol binnen heeft gekregen. Hebt u dat niet gemerkt toen ze u dag kwam zeggen?'

'Nee.'

'Hebt u haar adem niet geroken?'

Hij zou bezig blijven als hij zou reageren op elke toespeling waarmee Ryan zijn vragen doorspekte. Vreemd, er werd nooit kwaad van de man gesproken, hij gold als vriendelijk en had geen enkele reden zich kwaadgezind te gedragen jegens Ashby, van wie hij immers niets te vrezen had.

'Ik heb haar adem niet geroken.'

'Had ze volgens u geen rare blik?'

'Nee.'

Hij kon maar het beste droog antwoorden, zonder commentaar.

'Was er niets in haar woorden wat erop wees dat ze dronken was?'

'Nee.'

'Hebt u gehoord wat ze zei?'

'Nee.'

'Dat dacht ik me te herinneren. Ging u zo op in uw werkstuk dat u haar eventuele abnormale staat niet eens zou hebben gemerkt?'

'Mogelijk. Ik blijf erbij dat ze niet gedronken had.'

Waarom zei hij dat? Zo zeker was hij er niet van. Tot nu toe was het gewoon niet bij hem opgekomen. Het kwam eerder door een soort trouw aan Christine – een trouw die hij uitbreidde tot haar vriendinnen – dat hij Belle verdedigde. Had hij niet gemerkt dat ze bleek zag, triest, angstig of ziek?

'Ik zie niet wat ik nu nog meer zou kunnen vragen en het zou me spijten als je denkt dat ik je kwaad gezind ben, beste Spencer. Kijk, het is deze maand precies drieëntwintig jaar geleden dat we voor het laatst zo'n misdaad in het district gehad hebben. Hij zal dus enig opzien baren. Je kunt straks de heren journalisten verwachten, en als ik een raad mag geven, ontvang ze dan zo goed mogelijk. Ik ken ze. Ze menen het niet kwaad, maar wie ze onwelwillend te woord staat...'

Toen de telefoon ging, strekte Ryan zijn hand uit voordat Ashby erbij kon. Hij verwachtte het telefoontje kennelijk, want hij had het apparaat naast zijn fauteuil gezet.

'Hallo! Ja, met mij... Ja...'

Miss Moeller trok aan haar jurk, glimlachte naar Ashby alsof ze wilde zeggen dat ze persoonlijk niets tegen hem had en misschien om hem te feliciteren dat hij zich zo goed had geweerd.

'Ja... Ja, ik snap het... Zo krijgt u de kans op een tegenproef... Nee! De zaak zit niet helemaal zo in elkaar als ik me hem voorstelde... Merkwaardig... Ja, ik heb het gecontroleerd... Tenzij we van een minutieuze voorbereiding moeten uitgaan, wat in principe...'

Je voelde dat hij moeite deed te zeggen wat hij wilde zonder dat Ashby hem begreep.

'Daar hebben we het straks nog over. Ik moet terug naar Litchfield, daar word ik verwacht. Ik heb inderdaad liever dat u zelf komt. Ja.' (Met een vage glimlach.) 'Daartoe zijn we verplicht. Ik zal het hem uitleggen.'

Nadat hij had opgehangen, stak hij een nieuwe sigaar op.

'Er komt straks nog een formaliteit, waarbij ik je medewerking verzoek. Maak je niet druk. Wilburn komt hier persoonlijk langs zodra hij daar klaar is om u even te onderzoeken.'

Ryan stond al en miss Moeller liep in de richting van de wijd open aktetas.

'Ik zie geen enkele reden om je niet te vertellen waar het om gaat. Voor zover we het kunnen beoordelen, heeft miss Sherman zich verzet. We hebben zojuist onder haar nagels wat bloed gevonden dat niet van haar is. Waarschijnlijk heeft de moordenaar dus een of meer wondjes...'

Hij deed op zijn gemak de keukendeur open.

'U mag er weer uit, Mrs. Ashby. Ik wou u eigenlijk ook iets vragen.'

Hij deed het vrolijk, alsof hij een grapje maakte en iets goed te maken had.

'Wanneer zag u uw man voor het laatst in de kamer van miss Sherman?'

Arme Christine! Ze werd doodsbleek en keek beiden om beurten vragend aan.

'Ik weet het niet... Wacht...'

'Laat maar verder. Het was maar een testje. Als u meteen "maandagavond" geantwoord had, zou ik geconcludeerd hebben dat u dat had afgesproken of dat u aan de deur geluisterd had.'

'Toch was het maandagavond vanwege...'

'Vanwege dat handdoekenrek, ik weet het! Dank u wel, Mrs. Ashby. Tot gauw, Spencer. Komt u, miss Moeller?'

Zo! Hij had zijn eerste verhoor doorstaan. Ze konden even uitblazen in afwachting van de volgende beproevingen. Alsof ze wist dat het nog even zou duren voordat de rust in huis zou wederkeren, had Christine niet in de eetkamer gedekt, maar in de keuken. Zo bleef het een bijzondere dag.

'Waarom moet de dokter terugkomen?'

'Wilburn heeft bloedsporen gevonden onder Belles nagels. Hij wil even checken of...'

Hij begreep dat dit insloeg bij Christine. Het was directer dan de rest en riep voor het eerst een beeld op. Hij had haast zachtjes zijn hand op haar schouder gelegd en had haast al even zachtjes gevraagd: 'Voor jou ben ik nog onschuldig, hè?'

Dat was zo, wist hij. Maar zo kon hij haar vervolgens bedanken. Ze ontroerde hem niet vaak. Ze waren zelden gevoelvol warm tegen elkaar. Ze waren meer twee goede kameraden en die kameraad in haar wilde hij graag bedanken.

Ze had zich goed gedragen en hij was tevreden over haar. Hij ging aan tafel zitten en stuurde haar een glimlachje dat niet erg welsprekend was, maar duidelijk genoeg.

Werd er achter hun rug misschien om hun samenzijn gelachen? Ze waren in elk geval flink over de tong gegaan toen ze tegen ieders verwachting trouwden. Dat was tien jaar geleden. Hij was toen dertig en Christine tweeëndertig. Ze woonde bij haar moeder en iedereen dacht dat ze nooit zou trouwen.

Niemand had hem haar het hof zien maken, ze hadden nooit samen gedanst en de enige plaats waar ze elkaar zagen was op Crestview School, waarvan Christine sinds haar vaders dood een van de trustees was. Kortom, ze troffen elkaar op rugby- en baseballvelden of bij schoolpicknicks.

Ze hadden zelf ook lang zeker geweten dat ze ongeschikt waren voor het huwelijk. Christine en haar moeder hadden geld. Ashby woonde op de heuvel, in de vrijgezellenbungalow met het groene dak, en trakteerde zich elke zomer op een reisje in zijn eentje naar Florida, Mexico, Cuba of elders.

Hoe het gegaan was deed er niet toe. Ze konden geen van beiden zeggen wat hen zover gebracht had. Voordat ze iets zouden beslissen hadden ze eerst gewacht op de dood van Christines moeder, die kanker had en geen nieuw gezicht in huis geveeld zou hebben. Waren ze echt gewend in dezelfde kamer te slapen en zich voor elkaar uit te kleden?

'Ik heb het gevoel dat inspecteur Averell binnenkort weer langskomt,' zei ze.

'Ik ook.'

'Ik heb met zijn zus op school gezeten. Ze komen uit Sharon.'

Zo ging het altijd tussen hen. Soms gebeurde het dat ze, zoals iedereen, een zekere emotie voelden; dan liep er, leek het, tussen hen een soort iele, subtiele, kwetsbare stroom van tederheid; dan gingen ze, alsof ze zich ervoor schaamden, snel praten over mensen die ze kenden of over dingen die ze gingen kopen.

Niettemin begrepen ze elkaar en hadden ze het goed samen. Spencer vroeg zich af of hij zijn vrouw niet deelgenoot moest maken van zijn indruk van daarnet, toen hij Mrs. Katz voor haar raam had gezien. Hij was nog verbaasd en vroeg zich af of ze hem echt iets had willen beduiden.

Dat zou wel vreemd geweest zijn, want er bestond geen enkel contact tussen de twee huizen, die slechts door een gazon gescheiden waren. Er was nooit enig gesprek geweest. Gegroet werd er niet. Dat was niet de schuld van de Katzen. Evenmin die van de Ashby's, althans niet rechtstreeks.

Maar per slot van rekening hoorden de Ashby's tot de plaatselijke gemeenschap en de Katzen waren van een andere soort. Twintig jaar eerder hadden ze het niet in hun hoofd gehaald zich in deze streek te vestigen. Ook nu ze met meer families waren, voelden ze zich nog niet op hun gemak. Ze kwamen merendeels uit New York; het waren mensen die je alleen in de zomer zag, die iets lieten bouwen rond de meren en in grote sleeën rondreden.

De kleine Mrs. Katz was een van de weinigen die bijna alleen in huis overwinterden. Ze was piepjong, heel oosters, met gestileerde trekken en grote, Aziatisch aandoende ogen, zodat ze, rondlopend in het grote huis met twee gedienstigen, de sfeer van een harem opriep.

Katz, dertig jaar ouder dan zij, was klein en heel dik, zo vet dat hij met gespreide benen liep, met altijd in lakschoenen gestoken vrouwenvoeten.

Zou hij haar uit jaloezie op het platteland opsluiten? Hij zat in de business van goedkope sieraden en had ongeveer overal filialen. Je zag hem arriveren in zijn zwarte Cadillac, bestuurd door een chauffeur in livrei; hij kwam een paar dagen lang elke avond thuis en verdween dan weer voor een week of twee.

De Ashby's bespraken het nooit, deden of ze nooit naar dat huis keken, hun enige buurhuis, of ze het piepjonge vrouwtje negeerden van wie ze uiteindelijk toch onwillekeurig de minste gangen kenden, net als zij de hunne.

Soms leek ze achter haar raam net een kind dat brandde van verlangen om met de anderen te spelen en af en toe trok ze vijf, zes keer per dag een andere jurk aan, zonder dat iemand in huis haar kon bewonderen.

Probeerde ze haar jurken aan Spencer te showen? Ging ze soms voor hem op bepaalde avonden in de pose van een concertpianiste aan de piano zitten?

'Ryan heeft me gewaarschuwd dat we journalisten krijgen.'

'Die verwacht ik ook. Ben je klaar met eten?'

Er hing een soort leegte om hen heen. Het huis was veranderd, wat ze ook deden, en het was niet geheel toeval en niet louter schroom dat ze vermeden elkaar aan te kijken.

Dat zou voorbijgaan. Ze waren nog op het punt waarop je de ernst van de schok nog niet inziet, zoals na een val. Je staat op, denkt dat er niets aan de hand is en pas de volgende dag...

'De auto van Wilburn!'

'Ik ga wel. Hij komt voor mij!'

Kon je hem vragen geen bitterheid te laten horen in zijn stem? Zich niet onpasselijk te voelen bij de dokter die zojuist sectie op Belle had verricht? Wilburn had nog witte en ijskoude handen van het wassen en nagels borstelen.

'Ik neem aan dat Ryan u heeft ingelicht? Kan ik doorlopen naar uw slaapkamer?'

Hij had zijn tas bij zich alsof hij een zieke bezocht. Ashby bespeurde een gele vlek op de dokters bovenlip en herinnerde zich gehoord te hebben dat als de man sectie pleegde, hij als desinfectiemiddel de ene sigaret na de andere rookte.

Hoe kon hij niet aan Belle denken? Dat riep precieze beelden op die hij liever uit zijn hoofd zette, vooral toen hij zich moest uitkleden, spiernaakt, midden op de dag, onder Wilburns ironische blik.

Nog geen tien minuten geleden was hij met het meisje bezig geweest. En nu...

'Geen schrammetje, geen wondje?'

De man streek zijn ijskoude vingers over zijn huid, stopte, ging verder.

'Mond open. Verder. Goed! Omdraaien.'

Ashby had kunnen huilen, nog meer vernederd dan daarnet, toen Ryan hem bijna botweg had beschuldigd.

'Wat is dat voor litteken?'

'Dat is minstens vijftien jaar oud. Ik was het vergeten.'

'Brandwond?'

'Een ontploft kampeergasje.'

'U kunt zich aankleden. Niks, natuurlijk.'

'En als ik wel een schrammetje had gehad? Als ik me vanochtend bij het scheren had gesneden?'

'Dan had een analyse uitgewezen of u dezelfde bloedgroep had.'

'En als dat zo was?'

'Dan werd u nog niet meteen opgehangen, wees niet bang. Het is ingewikkelder dan u denkt, zulke misdaden worden niet gepleegd door de eerste de beste.'

Hij pakte zijn tas weer, deed zijn mond open, zoals iemand die een belangrijk geheim gaat onthullen en liet het ten slotte bij: 'Binnenkort hoort u waarschijnlijk meer.'

Hij aarzelde.

'Eigenlijk kende u dat meisje nauwelijks, toch?'

'Ze logeerde ongeveer sinds een maand bij ons.'

'Kende uw vrouw haar?'

'Ze had haar nooit eerder gezien.'

De dokter knikte, alsof hij de zaak bij zichzelf overlegde.

'U hebt zeker nooit iets gemerkt?'

'Bedoelt u die whisky?'

'Heeft Ryan dat verteld? Ze heeft ruim een derde van een fles binnengekregen en de hypothese dat het haar is ingegoten of nietsvermoedend te drinken is gegeven moet worden uitgesloten.'

'We hebben haar nooit zien drinken.'

Er danste een ironisch vlammetje in de dokters ogen toen hij de volgende vraag vreemd nadrukkelijk stelde, bijna fluisterend, alsof deze onder mannen moest blijven.

'Was er niets in haar gedrag dat *u persoonlijk* opviel?'

Waarom moest Ashby daardoor denken aan de schunnige foto van Vermont en de grijns van Bruce? Ook de oude dokter leek te vissen naar een of andere bekentenis, naar god weet welke geheime verstandhouding.

'Begrijpt u me niet?'

'Ik geloof niet dat ik u begrijp.'

Wilburn geloofde hem niet, maar aarzelde niet om verder te gaan, een gênante situatie.

'Was ze voor u zomaar een meisje?'

'De dochter van een vriendin van mijn vrouw, zeg maar.'

'Heeft ze nooit geprobeerd vertrouwelijk met u te worden?'

'Zeker niet.'

'En hebt u haar geen vrijpostige vragen gesteld?'

'Ook niet.'

'Probeerde ze niet bij u in uw werkkamer te komen als uw vrouw weg was?'

Ashby werd bitser.

'Nee.'

'En heeft ze zich nooit voor u uitgekleed?'

'Dat mag u van me aannemen.'

'Met alle respect. Ik dank u en geloof u. Bovendien gaat het mij niet aan.'

Bij zijn vertrek boog Wilburn om afscheid te nemen van Christine die net de koelkast sloot. Hij noemde haar bij de voornaam. Hij kende haar sinds ze een kleuter was. Hij had haar waarschijnlijk ter wereld gebracht.

'U krijgt uw man ongeschonden van me terug.'

Van die grapjes hield ze ook niet en toen hij eindelijk vertrok, was de dokter de enige die glimlachte.

Niettemin had hij al dan niet opzettelijk iets gezaaid: tweedracht.

Want Ashby vroeg zich al af wat er achter bepaalde vragen stak. Hij had het gevoel het te begrijpen, maar dacht vervolgens dat hij zich wel zou vergissen. Hij stond op het punt er tegen Christine over te beginnen, maar zweeg en sloot zich op, met als gevolg dat hij bijna voortdurend liep te piekeren over dingen die hem nooit eerder hadden beziggehouden.

4

De op de radio aangekondigde blizzard was niet gekomen. Er viel zelfs geen sneeuw meer, maar het had
wel de hele nacht hard gewaaid. Toen Christine en hij
al ruim een uur, misschien wel anderhalf, in bed lagen,
was hij geluidloos opgestaan en naar de badkamer gelopen. Toen hij voorzichtig het medicijnkastje opende,
had hij uit het bed in de donkere slaapkamer de stem
van zijn vrouw horen vragen:

'Is er iets?'

'Ik neem een slaappil.'

Uit haar manier van praten maakte hij op dat zij ook
nog niet geslapen had. Buiten klonk een regelmatige
herrie van iets wat met een obsederend ritme tegen het
huis klapperde. Hij probeerde vergeefs te bedenken
wat het was.

Pas 's morgens ontdekte hij dat een geknapte en vorst-
stijve waslijn tegen een van de verandapalen had geklap-
perd, vlak bij hun raam. De wind was gaan liggen. Een
krakend korstje bedekte de sneeuw van de vorige dag
en het water was overal bevroren; je zag beneden de auto's langzaam rijden over de gladde weg waar nog niet
gestrooid was.

Hij had ontbeten zoals anders, zijn jas, handschoenen en overschoenen aangetrokken, zijn tas gepakt en toen hij bij de deur stond, was Christine naar hem toe gekomen om hem onhandig haar hand toe te steken.

'Je zult zien dat niemand er over een paar dagen nog aan denkt!'

Hij bedankte haar met een glimlach maar ze had zich in hem vergist. Ze dacht dat hij bij de voordeur opzag tegen het idee dat hij mensen zou tegenkomen, zoals het groepje parkeerders onder aan de helling, en het vooruitzicht vreesde van alle op hem gerichte blikken en al dan niet uitgesproken vragen. Gisteravond om negen uur was Christine nog door vriendinnen opgebeld! En in de ochtendkou zag je alweer politiemensen van deur tot deur gaan.

Ze kon niet weten dat hij 's nachts niet zozeer geplaagd was door wat de mensen zouden zeggen of denken en ook niet door de klapperende waslijn, maar gewoon door beelden. Niet eens duidelijke beelden. En ook niet steeds dezelfde. Al had hij niet geslapen, hij was niet helemaal helder geweest en zijn waarneming was toen wat vertroebeld. De basis was Belle, goed herkenbaar, zoals ze hem was verschenen, bij het opengaan van de deur, op de vloer van haar kamer. Maar soms zag zijn geestesoog details die hij in dat korte moment nooit had kunnen onderscheiden en dus zelf had toegevoegd vanaf de foto van Bruce.

Dokter Wilburn deed ook mee in zijn wakende nacht-
merrie en gebruikte raar genoeg dezelfde uitdrukkin-
gen als Spencers buurjongen uit Vermont.

Hij schaamde zich, deed moeite de beelden te verja-
gen en probeerde zich daarom op het geluid van buiten
te concentreren en de oorzaak te vinden.

'Ben je niet te moe?' had Christine gevraagd.

Hij wist dat hij bleek zag. Hij voelde zich treurig,
want in het daglicht, in de zitkamer zelf, bij het aantrekken van zijn laarzen, had hij net weer de beelden
gezien. Waarom had hij toen meteen omhooggekeken
naar de ramen van de Katzen? Door een onbewuste ge-
dachteassociatie?

Ze zouden er wel achter komen of Mrs. Katz hem
de vorige avond echt iets had willen duidelijk maken,
want het leek onwaarschijnlijk dat de korpschef niet
de pers zou inlichten dat hij aan de overkant langs was
geweest. Ashby wist niet of Mrs. Katz de politie zelf
had uitgenodigd om haar vragen te komen stellen of
dat Holloway er uit zichzelf was langsgegaan. Hij had
de kleine politieman tegen vier uur, in het laatste restje
daglicht, voor hun huis uit zijn auto zien stappen.

'Zag je dat, Spencer?'

'Ja.'

Ze hadden allebei vermeden de verlichte ramen in
de gaten te houden, maar wisten dat het bezoek ruim

een halfuur had geduurd. Op dat moment was er uit Parijs een telegram gekomen, waarin Lorraine, overstuur, haar komst met het volgende vliegtuig aankondigde.

De gordijnen bij de Katzen waren nog dicht. Ashby haalde zijn auto uit de garage, reed hem langzaam over het gladde garagepad en moest wachten om de weg op te kunnen draaien, in het geheel niet aangedaan door de blikken van een groepje nieuwsgierigen. Het waren vage bekenden die hij met een opgestoken hand groette, net als anders.

Omdat de voorruit besloeg, zette hij de ruitenwissers aan. Bij de krantenkiosk was op dit uur bijna niemand. Hij vond, op de vaste plaats, een nummer van de *New York Times* met zijn naam in potlood, maar die morgen nam hij van twee stapels ernaast ook kranten uit Hartford en Waterbury.

'Wat een toestand, Mr. Ashby! Het zal wel een hele schok voor u geweest zijn!'

Hij zei ja om de man een plezier te doen. Het artikel in de Hartfordkrant zou wel van die dikke journalist zijn, een vale man van onbestemde leeftijd, als het ware versleten door het contact met treinen en tapkasten, iemand die in bijna alle Amerikaanse steden gewerkt had en zich overal thuis voelde. Hij had Christine al meteen bij aankomst geschokt door zijn hoed op te houden en haar 'mevrouwtje' te noemen. Zonder iemand toestemming te vragen was hij knikkend en notities makend als een aspirant-koper het hele huis door gelopen, waarna hij in Belles kamer kasten en laden opentrok en het bed opensloeg dat Christine net had opgemaakt.

Toen hij eindelijk op de bank in de salon was neergezegen, had hij Ashby verzoekend aangekeken, en toen deze dat niet leek te begrijpen, hem duidelijk te verstaan gegeven dat hij dorst had.

Binnen een uur had hij de fles voor een derde op, terwijl hij achter elkaar vragen stelde en schreef, alsof hij de hele krant met zijn artikel wilde vullen, en toen zijn collega uit Waterbury aan de deur verscheen, had hij hem minzaam toegevoegd: 'Dwing die brave mensen niet hun verhaal opnieuw te vertellen, want ze zijn moe. Ik tip je straks wel. Wacht op me bij de politie.'

'En de foto's?'

'Die nemen we nu meteen.'

Op de voorpagina stond een foto van de buitenkant van het huis, een foto van Belle en een van haar kamer. Dat was afgesproken. Maar op een binnenpagina stond een foto van Ashby in zijn hol, terwijl de reporter beloofd had die te vernietigen. Hij had de foto ongevraagd genomen toen Spencer de werking van zijn draaibank uitlegde. Een kruisje op de drempel gaf de plek aan waar Belle de avond ervoor had gestaan.

De krantenverkoper verslond hem met zijn blik, alsof Ashby sinds gisteren van een heel andere categorie was geworden; en twee klanten die alleen hun krant kwamen ophalen, wierpen hem een nieuwsgierige blik toe.

Hij ging niet naar het postkantoor omdat hij geen post verwachtte. Hij stapte weer in zijn auto en parkeerde die langs de weg aan de overkant van de rivier, want eenmaal op school zou hij voor de krant geen tijd meer hebben. Gisteren had hij geen enkele officiële persoon meer gezien, geen Ryan, geen inspecteur Averell en ook geen Mr. Holloway. Holloway had wel zijn auto voor hun deur geparkeerd maar was het huis aan de overkant binnengegaan.

Eigenlijk hadden zijn vrouw en hij meer last gehad van de kalmte dan van de opwinding 's ochtends. Als er geen journalisten waren geweest, waren ze de hele dag met zijn tweeën alleen gebleven met langslopende nieuwsgierigen voor de ramen die zelfs 's avonds laat nog door de sneeuw knerpten.

Het was verontrustend niets te weten. Christine kreeg telefoontjes van vriendinnen die ook niets wisten en alleen belden om dingen te vragen waarop ze beschroomd het antwoord schuldig moest blijven.

Ze hadden het gevoel buiten te worden gesloten. Het enige officiële telefoontje kwam van Ryans secretaresse, miss Moeller, die het adres van de Shermans in Virginia vroeg.

'Daar is nu niemand. Lorraine is in Parijs, zoals ik zei. Ze komt morgen.'

'Weet ik, maar ik heb toch haar adres nodig.'

De lucht in de auto was koud en de zwiepende ruitenwisser deed Spencer denken aan de klapperende waslijn 's nachts. Het artikel was lang. Hij had geen tijd om het helemaal te lezen. Hij wou op tijd op school zijn en zocht alleen passages met nieuwe informatie.

Zoals meestal in dit soort zaken, ging de verdenking allereerst uit naar personen met vergelijkbare antecedenten. Daarom heeft de politie in het begin van de middag twee plaatselijke bewoners gehoord die de afgelopen jaren bij zedenmisdrijven betrokken waren. Hun alibi's voor de nacht van de moord zijn nauwkeurig nagetrokken en lijken beiden buiten verdenking te stellen.

Ashby was ontsteld. Hij had nooit van zedenmisdrijven in hun dorp gehoord. Die waren in de huizen waar hij kwam nooit ter sprake gekomen en hij vroeg zich af wie die mannen zouden zijn en wat ze precies gedaan hadden.

Overigens zou de zaak, volgens dokter Wilburn, die zich
beperkt tot een paar mysterieuze details, nog verrassingen
kunnen opleveren en meer zijn dan het werk van een ordi-
naire seksmaniak.

Hij fronste zijn wenkbrauwen en kreeg het onpretti-
ge gevoel dat het alweer over hem ging, net of hij de
dokter vuig zag grijnzen met van woeste ironie glinste-
rende oogjes.

In plaats van ons te onthullen wat hij denkt en ontdekt
heeft, vestigde dokter Wilburn onze aandacht op een paar
curiositeiten, bijvoorbeeld dat de dader van zulke delicten
zelden zijn sporen uitwist en het feit dat hij het huis zon-
der braak is binnengekomen. Nog vreemder is...

Hij sloeg regels over, uit angst te laat te komen. Hij
schaamde zich een beetje dat hij gestopt was in een
soort niemandsland tussen zijn huis en Crestview, alsof
hij aan de blikken van beide probeerde te ontsnappen.

Wat hij onder ogen vreesde te krijgen zouden ze vast
niet afdrukken. Maar aan het begin van het artikel stonden twee raadselachtige regels:

Het lijkt vast te staan dat tegen het slachtoffer voordat ze gewurgd werd geen geweld is gebruikt, want daarvan draagt ze, behalve de bloeduitstortingen op haar keel, geen sporen.

Hij had liever niet aan al die details willen denken. Christine en hij hadden dat aspect samen niet eens aangeroerd. Wie hen had horen praten kon denken dat er geen enkel motief voor de moord was geweest.

Nu werd er beweerd dat aan de wurging geen geweld was voorafgegaan. Als de krant daarmee seksueel geweld bedoelde, was dat dan niet in tegenspraak met een andere passage, waarin sprake was van *herhaalde aanranding*?

Piekerde hij daarover? Hij sloeg de bladzij om zonder de kolom uit te lezen en ging door bij een onderkop waar Mrs. Katz werd genoemd en waar hij zag dat ze Sheila heette.

Een in de loop van de middag spontaan afgelegde verklaring zou het terrein van onderzoek duidelijk kunnen afbakenen. Men vroeg zich af hoe de moordenaar kon binnenkomen zonder braaksporen achter te laten op de voordeur of de ramen. We weten dat Belle Sherman na haar terugkeer van de bioscoop (?) binnen is geweest in de werkkamer van haar gastheer, Spencer Ashby, waar ze maar kort is gebleven en voor het laatst in leven is gezien.

Dat klopt niet helemaal meer. Mrs. Sheila Katz, die tegenover de Ashby's woont, was tegen halftien 's avonds net van haar piano opgestaan om zich even te ontspannen, toen haar oog viel op twee vage silhouetten op het slecht verlichte garagepad. Ze herkende dat van het meisje, dat ze kende, maar besteedde niet veel aandacht aan de vrij grote man die met haar stond te praten.

Belle Sherman ging kort daarop het huis binnen, na de deur te hebben geopend met een sleutel uit haar tas, terwijl de man niet vertrok maar op het garagepad bleef staan wachten.

Twee, drie minuten later ging de deur weer open. Maar Belle Sherman kwam niet naar buiten. Mrs. Katz zag haar niet terug om zo te zeggen. Ze zag alleen een arm die iets aanreikte aan de jongeman die daarop meteen vertrok.

Kunnen we niet aannemen dat dit de huissleutel was?

Mrs. Ashby verklaarde dat het meisje bij haar komst, een maand geleden, meteen een sleutel had gekregen. Die sleutel is niet teruggevonden in Belles kamer, noch in haar handtas, noch in haar kleren.

De rechercheurs hebben de hele avond een aantal jonge-lui uit de plaats en de omliggende dorpen verhoord. Bij het ter perse gaan van deze krant heeft nog niemand verklaard het meisje in de bioscoop of elders te hebben gezien.

Hij schrok op van getoeter, als werd hij op een fout betrapt. Whitaker, de vader van een van zijn leerlingen, reed naar beneden en zwaaide hem gedag. Dat deed hem plezier, door het vertrouwde alledaagse gebaar, net of er niets gebeurd was. Of zou Whitaker nu gaan vertellen dat hij de leraar alleen in zijn auto langs de weg had zien staan?

Hij reed op zijn beurt omhoog, weer een beetje droef, grauwe droefheid zonder duidelijk motief, futloos, alsof iemand hem moedwillig had gekwetst. Elke boom langs de weg was hem vertrouwd en nog vertrouwder was de lerarenbungalow met het groene dak waarin hij jarenlang bij de vrijgezellenclub had gehoord.

Van de mensen van toen zat er nog maar één op Crestview, want met leraren gebeurt hetzelfde als met leerlingen. Junioren worden geleidelijk senioren. Zijn toenmalige huisgenoten waren getrouwd, op een leraar Latijn na, en de meesten doceerden nu op *colleges*. Net zoals er in een klas elk jaar nieuwe leerlingen verschijnen, waren er nieuwelingen in de bungalow komen wonen, die hem al oud vonden en aarzelden hem bij de voornaam te noemen.

Hij zette zijn auto in de loods, beklom de trap van het bordes en trok zijn laarzen en jas uit. De deur van miss Coles kantoor stond altijd open en de secretaresse stond bij zijn komst kwiek op.

'Ik heb net naar uw huis gebeld om te vragen of u van plan was te komen.'

Ze lachte hem toe en was vast blij hem weer te zien. Maar waarom keek ze hem aan alsof hij herstelde van een zware ziekte?

'Mr. Boehme zal blij zijn en alle leraren...'

Achter een glazen deur liep de grote gang waar de leerlingen zich om deze tijd klaarmaakten om rustig hun lokaal binnen te gaan. In het hele gebouw hing de geur van koffie met melk en van vloeipapier, de geur van zijn jeugd die hem zijn hele leven was bijgebleven.

'Denkt u dat de dader iemand van hier is?'

Ze reageerde net zoals hij de dag ervoor had gereageerd, iets simpeler. Het was niet meer een theoretische misdaad zoals je die in de krant leest. Het was in hun eigen dorp gebeurd, en iemand uit hun dorp, iemand die ze kenden, met wie ze geleefd hadden, had deze ongelooflijke misstap begaan.

'Ik weet het niet, miss Cole. Die heren zijn zeer discreet.'

'Vanochtend meldde *Radio New York* het even.'

Met zijn tas onder de arm duwde hij de glazen deur open en liep met voorwaarts gerichte blik naar zijn klas. De leerlingen vreesde hij nog het meest, misschien omdat hij zich de blik van Bruce herinnerde. Hij voelde dat ze hem niet open durfden aan te kijken en hem voorbij lieten gaan net alsof ze gewoon doorpraatten. Ze hadden het er wel moeilijk mee en sommigen hadden vast een brok in hun keel.

Want er was geen formeel bewijs dat hij onschuldig was. Tenzij de moordenaar gevonden werd en zou bekennen bestond er nooit absolute zekerheid. Zelfs dan zouden er mensen zijn die bleven twijfelen. En zelfs als ze niet aan hem twijfelden had hij toch het gevoel besmet te blijven.

Hij was gistermorgen bij het verhoor kwaad geweest op Ryan. De coroner was een nogal grove, vulgaire man. Ashby had hem onfatsoenlijk gevonden en had aangenomen dat hij hem voor de rest van zijn leven zou haten. Nu dacht hij er nauwelijks meer aan. Eigenlijk had Ryan hem door zijn agressiviteit verrast of eerder teleurgesteld doordat de man hem niet de verwachte solidariteit toonde.

Dokter Wilburn daarentegen had hem bewust diep gekrenkt. Daardoor zag Ashby nu nog, toen hij plaatsnam tegenover zijn vijfendertig leerlingen, dat indringende beeld van Belle, dat hij had willen vergeten, daar in de kamer, toen de deur half open werd gedaan in de kennelijke verwachting dat hij van streek zou raken.

Toen had Christine ook getwijfeld. Hoeveel van de pubers die nu naar hem keken waren ervan overtuigd dat hij Belle had vermoord?

'Adams, vertel wat je weet van de handel van de Fe-
niciërs...'

Hij liep langzaam rond tussen de banken, de handen
op de rug, en niemand had waarschijnlijk ooit stilgestaan bij het feit dat hij zijn hele leven op school had
doorgebracht. Natuurlijk eerst als leerling. Daarna als
leraar, zonder dat er een echte overgang geweest was.
Pas toen hij vertrok uit de bungalow met het groene
dak om met Christine te trouwen en bij haar in te trekken, liet hij voor het eerst de sfeer van kantines en slaap-
zalen achter zich.

'Larson, verbeter Adams' fout.'

'Neem me niet kwalijk, meneer, ik luisterde niet.'

'Jennings.'

'Ik ook niet, meneer.'

'Taylor...'

Hij ging niet thuis lunchen, want elke leraar moest
in de kantine een tafel surveilleren. Bij de korte pauze
van halfelf sprak hij even met collega's en niemand ver-
wees naar de kwestie. Hij had het gevoel dat iedereen
aardig tegen hem probeerde te zijn, behalve natuurlijk de Ryans en de Wilburns. De directeur, Mr. Boehme,
had hij alleen uit de verte gezien, op de gang tussen twee
kamers.

Op weg naar de kantine werd hij op de gang aange-
houden door een licht gegeneerde miss Cole:

'Mr. Boehme wil u graag even op zijn kamer spreken.'

Hij fronste zijn wenkbrauwen niet. Hij leek erop voorbereid, voorbereid op alles. Hij ging binnen, groette en bleef wachten.

'Ik ben flink in verlegenheid gebracht, Ashby, ik hoop dat u mijn taak helpt verlichten.'

'Ik begrijp het, meneer.'

'Gisteren heb ik al een paar ongeruste telefoontjes gekregen. Vanochtend schijnt *Radio New York* uw zaak te hebben genoemd...'

Uw zaak, had hij gezegd.

'... en nu ben ik binnen drie uur al twintig keer gebeld. De toon is wel anders dan die van gisteren. De meeste ouders lijken te begrijpen dat u geen schuld draagt. Ze vinden dat hoe minder de kinderen met de zaak bezig zijn, hoe beter, en dat vindt u vast ook. Uw aanwezigheid kan alleen...'

'Ja, meneer.'

'Als over een paar dagen het onderzoek rond is en de gemoederen bedaard zijn...'

'Ja, meneer.'

Hij bekende het niemand, maar toen, precies op dat moment, huilde hij. Zonder hete tranen, zonder snikken. Hij voelde alleen warmte naar zijn ogen stijgen, een beetje vocht en prikkende oogleden. Mr. Boehme merkte het niet, vooral omdat Ashby hem bemoedigend toelachte.

'Laat maar horen wanneer ik weer mag komen. Sorry.'

'U kunt er niets aan doen. Tot gauw...'

Die scène was veel belangrijker dan de directeur kon vermoeden en dan Ashby had voorzien. Van Ryan had hij het verdragen. Zelfs van de dokter; het bleef een persoonlijke, bijna intieme kwestie, die alleen hem betrof.

Nu kwam het van school. Als hij open met iemand had kunnen praten, had hij gezegd... Nee, dat had hij niet gezegd. Zoiets geef je niet toe. Je vermijdt eraan te denken. Hij was met Christine getrouwd. Hij werd geacht zijn leven met haar te delen. Maar toen Belle hem dag was komen zeggen, bijvoorbeeld, stond hij hout te draaien in wat hij zijn hol noemde. En waarop leek zijn hol? Op zijn kamer in de bungalow met het groene dak. Daar stond zijn oude leren fauteuil ook al. De gewoonte om aan de draaibank te werken had hij opgedaan in de leerlingenwerkplaats.

Hij kon beter niet verder spitten, niet zoeken naar een diepere zin.

Hij was niet ongelukkig. Hij vermeed klagers, vond ze bijna onbehoorlijk, zoals mensen die over seks praatten.

Mr. Boehme had gelijk. Als directeur moest hij wel zo handelen. Zijn besluit impliceerde geen enkele verdenking of kritiek. Het was gewoon beter als hij een poosje...

Miss Cole wist het al, want toen hij door de gang liep, riep ze hem geforceerd opgewekt na:

'Tot gauw! Vast tot heel gauw!'

Hoe verklaarde hij dit: hij had in het huis van zijn vrouw een stukje school ingericht om zich thuis te voelen, en nu was hij door de school verstoten, althans tijdelijk, zodat hij bij zijn vrouw...

Hij reed weg en vloog op het spekgladde ijs bijna uit de te kort genomen eerste bocht. Daarna werd hij voorzichtiger, stak de brug over, stopte bij het postkantoor, waar zijn brievenbus alleen folders bevatte, en waar twee vrouwen, door hem gegroete moeders van leerlingen, hem verrast aankeken. Ze leken niet te horen bij de verontruste bellers, maar waren waarschijnlijk verbaasd hem onder schooltijd in het dorp te zien.

Bij zijn huis, op het garagepad, herkende hij de auto van de staatspolitie en in de zitkamer trof hij inspecteur Averell aan, samen met Christine. Ze keek hem vragend aan.

'De directeur heeft liever dat ik een paar dagen wegblijf van school.'

Hij toonde een zweem van een glimlach.

'Hij heeft gelijk. Dat windt de leerlingen te veel op.'

'Zoals u ziet,' zei Averell, 'ben ik zo vrij geweest met

uw vrouw te komen praten. Ik wou graag een paar dingen over Mrs. Sherman weten, voor ze vanmiddag komt. Tegelijk probeer ik een duidelijker beeld van haar dochter te krijgen.'

'Ik ga wel naar mijn werkkamer,' zei Ashby.

'Hoeft helemaal niet. U bent niet te veel. Ik geef toe dat ik verrast was u hier niet aan te treffen, want ik verwachtte wel dat er zoiets zou gebeuren op Crestview. U hebt toch de kranten gelezen?'

'Ik heb ze even doorgekeken.'

'Zoals altijd zit er zowel waarheid als leugen in wat ze schrijven. Maar in grote trekken klopt hun schets van de toestand aardig.'

Christine gaf hem tekens die hij niet meteen begreep maar toen stelde hij voor: 'Mag ik u een whisky aanbieden?'

Ze had gelijk. Averell aarzelde niet, hij wilde zelf het bezoek ook zo veel mogelijk uit de werksfeer halen.

'Het eerste wat me trof toen ik de zaak door de telefoon hoorde, was die whiskykwestie. Als het slachtoffer een dienstertje geweest was, aangerand ergens langs de grote weg, was zoiets te verklaren. Maar in dit huis...'

Spencer begreep uit de ontboezeming dat de inspecteur gisterochtend al wist van de door Belle gedronken whisky. Wilburn had de whisky dus meteen geroken en de fles misschien achter de fauteuil zien liggen, lang voordat Ashby het lijk te zien had gekregen.

Ook dat was plausibel. De dokter dacht kennelijk allang niet meer aan een zwerver of een recidivist. De dokter had hém verdacht.

Had het gedrag van Spencer Ashby iets wat hem tot een geschikte verdachte kon maken? Of om de vraag grover te stellen: *vertoonde hij symptomen?*

Hij had nooit een studie gemaakt van zedendelicten. Wat hij wist, had hij uit kranten en tijdschriften, zoals iedereen.

Het was net bekend geworden dat de streek minstens twee seksmaniakken had, kennelijk geen gevaarlijke, want ze zaten niet achter de tralies en werden alleen in de gaten gehouden. Het zouden wel potloodventers zijn. Hij zou zien hun namen los te krijgen om ze in de gaten te houden.

Hem interesseerde het type van de moordenaar.

Hij begreep waarom. Iedereen leek te beweren dat de zaak simpel zou zijn als het een bekende was, een passant, een zwerver of een of andere bruut.

Ze waren geïntrigeerd door bepaalde details waar Ashby maar geleidelijk achter kwam, naar sommige kon hij slechts gissen.

Ten eerste had Belle vrijwillig whisky gedronken. Genoeg om aan te nemen dat het niet haar eerste keer was. Was dat inderdaad zo?

Stel dat ze niet naar de bioscoop was gegaan en zich

daarna niet thuis had laten brengen door een jongeman die ze bij de deur vriendelijk goedenacht had ge-
wenst. Stel dat ze toen ze Ashby's hol binnen was gegaan, buiten iemand had laten wachten, aan wie ze even
later haar sleutel had gegeven.

Ook dat was plausibel, dan was ze niet het meisje dat
ze leek, maar iemand die in haar kamer een man ontving.

Die ontdekking, volgens de krant, *bevestigde* de ver-
moedens die de dokter kreeg *toen hij het lijk onderzocht*.
Werd bedoeld dat ze geen maagd meer was? Bovendien
werd geïnsinueerd dat er *geen geweld nodig was geweest*.

Hij wist zeker dat Wilburn dat van het begin af aan
wist. Wilburn had niet meteen uitgesloten dat hij de
moordenaar was.

Daar zat hij mee. Wilburn kende hem ruim tien jaar,
had hem meer dan eens behandeld, had met hem ge-
bridged en was altijd met Christine en haar familie bevriend geweest. Het was een scherpzinnige man met
een beroeps- en levenservaring die ver uitsteeg boven
die van een arts op het platteland of in een dorp.

Toch had Wilburn het niet onmogelijk geacht dat
Ashby een deel van de nacht in Belles kamer had doorgebracht en haar had gewurgd.

Sinds gisteren probeerde hij dat abces in zijn eentje
door te prikken, hardnekkig maar vergeefs. Dat was

niet alles. De grijns van de dokter was er ook nog. Niet alleen die van 's morgens, ook die van twee uur 's middags, toen Ashby bij het medisch onderzoek spiernaakt voor hem had gestaan en daarmee in feite zijn onschuld bewees.

Ook toen had Wilburn weer naar hem gegrijnsd *als naar iemand die het begrepen had*, iemand die het wel kon begrijpen, oftewel iemand *die het gedaan kon hebben.*

Dat was alles. Misschien niet helemaal alles, maar wel de kern, het meest obsederende. Dus toen hij Averell bij hem thuis zag zitten met een whisky-soda, met zijn keurige gezicht en zijn open, ernstige blik, kreeg hij de aanvechting hem mee te tronen naar zijn hol om hem op de man af te vragen: 'Heeft mijn uiterlijk of gedrag soms iets wat wijst op de neiging tot zo'n misdrijf?'

Maar menselijk respect weerhield hem, en ook de angst opnieuw verdacht te worden, ondanks de bewijzen. Waren het wel bewijzen? Onder haar nagels had bloed gezeten en Wilburn had bij hem geen schrammetje kunnen ontdekken. Maar verder? De man die in het donker bij de deur was gezien, aan wie Belle iets gegeven zou hebben? Niets bewees dat Belle hem iets gegeven had. Niets bewees dat het een sleutel was. Behalve Mrs. Katz had niemand het gezien. Wie weet had Sheila Katz dat alleen verklaard om Ashby buiten verden-

king van de politie te houden. Niet eens uit medelij-
den misschien. Hij had vaak gedacht dat ze vanachter
haar raam geboeid zijn gangen volgde en vooral daarom bracht hij bij Christine de Katzen nooit ter sprake.

Averell zei: 'We hebben de FBI gevraagd onderzoek
te doen in Virginia, omdat de lokale politie weinig informatie voor ons had. Het enige wat we daar loskre-
gen is dat miss Sherman een paar maanden terug is aan-
gehouden wegens rijden onder invloed, om twee uur
's nachts.'

'In de auto van Lorraine?' vroeg Christine met grote,
haast komische ogen.

'Nee, in die van een getrouwde man, die in de auto
naast haar zat. Door zijn bekendheid in de regio is de
zaak niet voorgekomen.'

'Weet Lorraine dat?'

'Vast. Het zou me niet verbazen als ze nog meer te
stellen heeft gehad met haar dochter. We wachten ook
nog op informatie van de scholen waar ze op gezeten
heeft.'

'Daar heb ik niets van gemerkt! En niemand van mijn
vriendinnen! Want ik heb haar aan de meeste van mijn
vriendinnen voorgesteld, vooral als ze zelf dochters hadden.'

De arme Christine schrok van de door haar genomen
verantwoordelijkheid en de verwijten die ze te horen
zou krijgen.

'En ze maakte zich nauwelijks op, besteedde zo weinig zorg aan haar uiterlijk dat ik haar moest zeggen wat eleganter te zijn.'

Averell glimlachte licht.

'Is haar moeder normaal?'

'De beste meid van de wereld. Wat lawaaiig en ruw, een beetje jongensachtig, maar goudeerlijk en goed!'

'Zou u voor mij, Mrs. Ashby, een lijstje kunnen maken met de gezinnen waar u miss Sherman hebt voorgesteld?'

'Dat doe ik meteen. Het zijn er hoogstens tien. Ook de gezinnen zonder man?'

Zo naïef was ze eigenlijk ook weer niet.

'Dat hoeft niet.'

Terwijl ze aan haar secretaire ging zitten, in de hoek bij de haard, wendde Averell zich tot Ashby en constateerde losweg: 'U lijkt afgelopen nacht niet veel geslapen te hebben.'

Daar trapte hij niet in.

'Inderdaad. Ik heb nauwelijks geslapen en kreeg steeds nachtmerries.'

'Ik vergis me misschien, maar ik durf te wedden dat u weinig met jonge meisjes bent omgegaan.'

'Helemaal niet zelfs. Ik heb toevallig nooit op gemengde scholen gezeten. En na school ben ik meteen leraar geworden.'

'U hebt een leuk hol, zoals u het noemt. Mag ik daar nog eens rondkijken?'

Zou de man zich ook tegen hem gaan keren? Ashby dacht van niet. Hij was blij hem in zijn hol rond te leiden.

Averell, met zijn glas in de hand, sloot de deur achter zich.

'U hebt die fauteuil zelf ingebracht, hè?'

'Hoe raadt u het?'

De inspecteur leek te zeggen dat zoiets voor de hand lag. Ashby begreep waarom.

'Het is het enige uit mijn vaders nalatenschap wat ik heb gehouden.'

'Is uw vader al lang dood?'

'Zo'n twintig jaar.'

'Waaraan stierf hij, als ik vragen mag?'

Ashby aarzelde, keek om zich heen, alsof hij raad vroeg bij de vertrouwde voorwerpen en tilde zijn hoofd op naar Averell.

'Hij verdween liever.'

Dat vond hij zelf vreemd klinken en ook dat hij er nog met een knikje aan toevoegde: 'Kijk, hij was wat je noemt van heel goede komaf. Hij trouwde een meisje van nog betere komaf. Dat werd althans beweerd. En mijn vader voldeed niet aan de verwachtingen.'

Hij wees achteloos op de fles die hij mee terug had genomen.

'Dat vooral. Toen hij het gevoel kreeg dat hij te veel dreigde af te zakken...'

Hij zweeg. De ander had hem begrepen.

'Leeft uw moeder nog?'

'Geen idee. Ik denk van wel.'

Als Averell het met opzet deed, was het bijzonder subtiel: hij gaf een schijnbaar werktuiglijk klopje op de armleuning van de oude fauteuil, zoals hij dat gedaan zou hebben bij een levend wezen.

5

Het was halfvier en het werd al donkerder in de zitkamer, waar nog geen licht brandde. Ook niet in de gang,
nergens in huis, behalve in de slaapkamer, waar een
roze schijnsel de vertrouwde geluiden vergezelde van
Christine die zich aankleedde om uit te gaan.

Ze verwachtten Lorraine met de trein uit New York
van twintig over vier; het station lag zo'n twee mijl
verderop. Christine zou haar in haar eentje ophalen.
Spencer zat met halfdichte ogen voor de haard met een
smeulend blok hout en nam af en toe een trekje van
zijn pijp.

Buiten zag je de winteravond langzaam over het land-
schap dalen en de schaarse verlichting steeds helderder
worden.

Christine had net, waarschijnlijk op de rand van haar
bed, haar sloffen uitgedaan om schoenen aan te trekken,
toen twee snel bewegende lichten, witter en verblin-
dender dan de rest, het huis leken binnen te komen,
even een stuk plafond verlichtten en daarna als een
span tot stilstand kwamen voor het huis van de Katzen.
Ashby had de auto van Mr. Katz herkend, zijn chauffeur opende en sloot de portieren al. De auto reed soe-
peler dan andere auto's, had een eigen geluid, bewoog
zich speciaal.

Mr. Katz kwam misschien maar voor een paar uur thuis, of voor een paar dagen, dat wist je nooit, en Spencer keek omhoog naar de ramen om te zien of Sheila hem had horen aankomen en was opgestaan.

Was het niet vreemd dat ze buren waren maar dat hij haar voornaam pas in de krant had gelezen? Nu hij wist hoe ze heette, werd ze nog exotischer en hij verzon graag dat ze afkomstig was van zo'n oude Joodse familie uit Pera, aan de oever van de Bosporus.

Hij zat te dommelen en deed geen enkele poging zijn geest wakker te houden. Nauwelijks waren de koplampen van de limousine gedoofd, als twee gekalmeerde grote honden, of er kwam al een ander voertuig de helling op, met meer herrie, een bestelauto ditmaal, met de naam en het adres van een New Yorkse slotenmaker.

Er stapten drie mannen uit, tegen wie Katz, op de drempel, klein en rond in zijn gevoerde overjas, met zijn korte armpjes gebaarde wat hij van hen verwachtte.

Hij had zeker in New York van de moord op Belle gehoord en was met specialisten uitgerukt om zijn huis van geavanceerde sloten te voorzien, misschien wel van een heel alarmsysteem.

'Ben ik niet te laat?' vroeg Christine, nog in haar slaapkamer bezig.

Net toen hij wilde antwoorden, werd er aan de voordeur gerammeld en gerukt. Hij holde erheen, deed de deur open en stond verbaasd tegenover een onbekende vrouw, even groot en fors als hijzelf, met naar zijn idee mannelijke trekken en met een jas van wilde kat over haar roestkleurige tweed mantelpakje.

Niet alle details drongen meteen tot hem door, daarvoor was geen tijd, maar hij werd wel getroffen door haar drukte, haar autoritaire gedrag en door haar whiskywalm.

'Ik hoop dat Christine er is.'

Pas bij het dichtdoen van de deur zag hij achter de bestelauto van de slotenmaker de gele carrosserie van een New Yorkse taxi, een vreemde verschijning in hun besneeuwde laan.

'Betaal jij de chauffeur even? We hebben de prijs al op het vliegveld afgesproken. Meer mag hij niet vragen. Twintig dollar.'

Christine, die haar stem herkend had, riep uit de slaapkamer: 'Lorraine!'

Ze had alleen een koffertje bij zich, dat Spencer het huis binnen droeg, na de chauffeur betaald te hebben.

'Is het waar wat ze over haar dochter vertelde?' had de man gevraagd.

'Ze is vermoord, ja.'

'Hier in huis?'

Hij boog zich voorover om aandachtig te kijken,

zoals mensen in een museum doen om later te kunnen vertellen wat ze gezien hebben. De twee vrouwen praatten heel hard, elkaar aankijkend met de wens in snikken uit te barsten, maar het bleef bij snuiven en eigenlijk huilde geen van beiden.

'Is het hier gebeurd?' vroeg Lorraine, een beetje zoals de chauffeur.

Hij moest haar wel beklagen, maar was toch teleurgesteld. Ze was misschien niet ouder dan Christine maar leek het wel. Haar haar was grijs, slecht gekamd, en haar wangen werden bedekt door kleurloos en op haar kin stugger wordend dons. Je kon je niet voorstellen dat ze ooit een meisje was geweest. Dat ze Belles moeder was leek nog onwaarschijnlijker.

'Wil je je niet eerst even opfrissen?'

'Nee. Ik moet vooral iets drinken.'

Haar stem was schor. Misschien was dat haar normale stem. Haar blik was een paar keer op Spencer blijven rusten, maar ze leek hem even weinig te zien als de kamerwanden. Toch wist ze wie hij was.

'Is het ver weg, waar ze heen is gebracht?'

'Vijf minuten hiervandaan.'

'Ik moet er zo snel mogelijk heen, want ik moet dingen regelen.'

'Wat ga je doen? Wil je haar meenemen naar Virginia?'

'Je denkt toch niet dat ik mijn dochter hier alleen in de grond achterlaat? Bedankt. Nee, zonder spuitwater. Ik moet wat sterks hebben.'

Ze dronk de whisky onverdund en haar bolle ogen stonden vol water, zonder dat duidelijk werd of het kwam van verdriet of van alles wat ze al eerder gedronken had. Hij was een beetje boos op haar, want hij had Belles moeder graag anders willen zien.

Toen ze haar handtas op tafel zette, legde ze daar ook de zeker onderweg gekochte kranten neer, onder andere die van Danbury, waar ze een uur eerder langsgekomen was. De krant schreef over Belle, dat zag hij aan de koppen, maar hij durfde hem niet op te pakken.

'Wil je geen ontspannend warm bad? Hoe was je vlucht?'

'Goed neem ik aan. Geen idee.'

Het etiket van de luchtvaartmaatschappij zat nog op het leer van haar koffer, naast krijttekens van de douane.

Christine probeerde haar mee te tronen. Lorraine verzette zich, was Oost-Indisch doof en hij begreep ten slotte dat ze de fles niet achter wilde laten. Toen hij haar glas nog eens had bijgevuld, verdween ze zonder moeite, met het glas in haar hand, naar de slaapkamer, waar ze zich samen opsloten.

Had ze expres niet het woord tot hem gericht, behalve als tegen een knecht, onpersoonlijk, om hem de taxi te laten betalen? Nu drongen er uit de badkamer geluiden door van lopende kranen en een doorgetrokken wc, de manachtige stem van Lorraine en de hogere en gedemptere stem van Christine.

Boven liep Mr. Katz voor de brede panoramaruit heen en weer, met de handen op de rug, alsof hij een speech afstak, tegen een onzichtbare persoon, waarschijnlijk over het werk van de slotenmakers. Als gevolg van Belles dood werd Sheila, als een kostbaar voorwerp, omsponnen met een net van geheimzinnige beschermende draden. Dat vond Ashby wel indrukwekkend. Katz was kaal, met een paar op zijn kruin geplakte plukjes blauwglanzend zwart haar. Hij was uiterst verzorgd en parfumeerde zich waarschijnlijk.

Christine kwam uit de slaapkamer, liep met een vinger op haar lippen naar de telefoon en draaide een nummer, terwijl uit de badkamer een geluid klonk van snikken of braken. Ze gaf met haar blik te kennen dat ze even niets kon zeggen en geen keus had. Hij wist zeker dat ze net zo verbaasd en misschien ook net zo teleurgesteld was als hij.

'Hallo! Met het kantoor van de coroner? Kan ik Mr. Ryan even spreken?'

En daarna haastig fluisterend tegen haar man: 'Ik moest hem van haar bellen.'

'Hallo! Met Christine Ashby, miss Moeller. Kan ik Mr. Ryan even spreken? Ja, ik wacht...'

En weer fluisterend:

'Ze wil weer meteen weg.'

'Wanneer?'

Ze kreeg niet de tijd hem te antwoorden.

'Mr. Ryan? Het spijt me dat ik u stoor. Ik verwachtte mijn vriendin Lorraine vanmiddag met de trein, zoals ik u had verteld. Tot mijn verrassing kwam ze rechtstreeks met de taxi van het vliegveld. Ja. Ze is hier. We hebben nog geen tijd gehad daarlangs te gaan, nee. Wat zegt u? Geen idee. Uiteraard staat het huis tot haar beschikking als u haar hier vragen wilt stellen. Hoe zegt u? Momentje, dat vraag ik haar even. We kunnen er hoe dan ook pas over een uur zijn, laten we zeggen anderhalf uur.'

Ze glimlachte verontschuldigend naar haar man, die roerloos trekjes van zijn pijp nam. Ze sprak in de slaapkamer met Lorraine en kwam weer terug.

'Hallo! Ja, prima. Ze komt net zo lief bij u in Litchfield langs. Ik breng haar met de auto. Tot straks.'

Lorraine, in mantelpakrok, maar zonder blouse, met haar onderjurk strak om haar worstelaarstorso, verscheen in de gang om met benevelde stem te vragen: 'Waar is mijn tas gebleven?'

'Je handtas?'

'Mijn toilettas natuurlijk!'

Ashby dacht aan Belle, die hem nu zowel nader kwam als verder weg dreef. Ze leek niet op haar moeder, fysiek noch qua karakter. Maar nu kende hij iemand met wie ze geleefd had en dat maakte haar werkelijker en meer een meisje.

Dat had hem misschien zo gestoord sinds ze dood aangetroffen was. Alles wat over haar gezegd werd, ging over haar als vrouw, onvermijdelijk, gezien het gebeurde en de vervolgens gedane ontdekkingen. Maar eigenlijk was ze nog een kind. Daarom had hij ook nooit aandacht aan haar besteed. Voor hem was ze seksueel onzijdig. Hij was nooit op het idee gekomen dat ze borsten kon hebben. Tot hij haar ineens op de vloer had zien liggen...

'We moeten je hier alleen laten, Spencer.'

'Dat begrijp ik. Tot straks.'

'Ik hoop dat het niet lang gaat duren. Lorraine is dapper, maar ik weet zeker dat ze doodmoe is.'

Lorraine keek met grote troebele ogen naar de fles en Christine aarzelde hoe ze het zou aanpakken. Als ze haar nu niet zou inschenken, zou haar vriendin beslist straks vlak voor Litchfield die verlichte bar langs de weg zien en er willen stoppen. Kon ze haar niet beter meteen tegemoet komen, al zou ze een rare indruk op Ryan kunnen maken? De mensen konden haar toestand altijd verklaren uit haar emotie.

'Eén glaasje en dan gaan we.'

'Neem jij niet?'

'Nu niet, bedankt.'

'Ik hou niet van de manier waarop je man naar me kijkt. Ik hou trouwens helemaal niet van mannen.'

'Kom, Lorraine.'

Ze hielp haar in haar bontjas en nam haar mee naar de auto.

Ashby bleef nog even roerloos zitten, peuterde toen zijn opgerookte pijp in de haard leeg en profiteerde van het feit dat hij was opgestaan om een van Lorraines meegebrachte kranten te pakken. Ze waren een beetje verfomfaaid, met hier en daar inktvegen. De informatie kwam uit dezelfde bron als die van de ochtendkranten, was op sommige punten vollediger, op andere minder, en er leek recent nieuws bij te zitten.

Het trof hem dat van de twee mannen die vanwege hun antecedenten de dag ervoor waren ondervraagd, hun volledige naam nu stond afgedrukt, of minstens de voornaam en de initialen, waaraan hij ze kon herkennen.

De politie heeft langdurig een zekere Irving F. gehoord die een waterdicht alibi kon overleggen. Achttien jaar geleden heeft F. twee jaar gezeten wegens een zedendelict en sindsdien is zijn gedrag onberispelijk geweest.

Hetzelfde geldt voor een andere man, Paul D., die na
een overtreding van dezelfde aard vrijwillig een tijd in een
herstellingsoord heeft doorgebracht en daarna geen aan-
leiding heeft gegeven...

Irving F., dat was pa Fincher, zoals men hem noemde, een oude Duitse immigrant met nog steeds een zwaar accent, tuinman op het landgoed van een New Yorkse bankier. Hij had minstens zeven of acht kinderen en ook kleinkinderen, allemaal onder één dak, en 's zomers zag Ashby hem bijna elke dag, want het huis van de tuinman stond bij het hek langs de weg naar school. Zijn vrouw was klein, met een enorm achterwerk en een strak grijs knotje boven op haar hoofd.

De ander was, als hij het goed had, bijna een vriend, iemand die hij tegenkwam op mondaine ontmoetingen en met wie hij wel eens bridgede. Hij heette Dandridge, een vastgoedmakelaar, maar veel gecultiveerder dan je bij zo'n beroep zou verwachten, en Ashby herinnerde zich inderdaad dat de man vroeger een tijd had doorgebracht in wat men een sanatorium noemde. Omdat zijn kwaal niet werd vermeld, had hij aangenomen dat Dandridge iets aan zijn longen had.

Hij was ook getrouwd. Zijn vrouw was mooi, teruggetrokken, verlegen, met wat Christine een interessant gezicht zou hebben genoemd. Het was een van die vrouwen, bedacht hij ineens, van wie je niet kon zeggen wat voor lijf ze onder hun kleren hadden. Hij had er nooit eerder aan gedacht, maar besefte plotseling dat er veel van dat soort waren in hun kennissenkring.

Christine had wel wat je vormen noemt, weelderige zelfs, maar ze had niets vrouwelijks. Althans niet wat hij daaronder verstond. En niet vanwege haar leeftijd. Toen hij haar ontmoette, was ze ongeveer zesentwintig – ze kenden elkaar al een poos voor ze aan trouwen dachten, voor ze wisten dat moeder Vaughan kanker had. Hij had haar in het fotoalbum gezien, op haar twintigste en haar zestiende. Ook in badpak. Hij klaagde niet, want had nooit iets anders gezocht, maar in zijn ogen had ze altijd het vlees gehad van een zus of moeder. Dat was hem duidelijk.

Dat gold niet voor Belle. Toen ze nog leefde had hij daar niet op gelet, maar hij wist nu dat zij anders was. Sheila Katz ook. En Bill Ryans secretaresse helemaal, miss Moeller, van wie hij de voornaam niet wist. Dat was zo'n wijfjesdier dat je al bloosde als je haar benen maar zag.

Toen de telefoon ging, staarde hij een poos naar het toestel zonder de hoorn op te nemen, en deed dat ten slotte met tegenzin, zo prettig voelde hij zich in zijn eigen warmte en intimiteit.

'Hallo!'

'Spencer?'

Het was Christine.

'We zijn in Litchfield, bij de coroner... Of liever: ik heb Lorraine met hem in zijn kantoor gelaten. Toen ik voorstelde weg te gaan, protesteerde Ryan niet, integendeel, naar mijn gevoel. Ik bel uit een cel in een drugstore. Lorraine is nog even bezig, dus ik doe intussen boodschappen voor vanavond. Ik bel om je gerust te stellen. Hoe gaat het?'

'Best.'

'Is er nog iemand geweest?'

'Nee.'

'Zit je in je hol?'

'Nee, nog in de kamer.'

Waarom was ze bezorgd? Dat ze belde was aardig, maar ze vroeg wel erg dwingend wat hij aan het doen was.

'Ik vraag me af hoe we het voor vannacht gaan regelen. Vind jij het kunnen haar in de kamer te laten slapen waar dat met Belle gebeurd is?'

'Laat haar dan bij jou slapen.'

'Vind je dat niet vervelend?'

Waarom moest dat allemaal besproken worden? Al die voorbereidingen zouden toch zoals altijd zinloos blijken. Ze wisten het nog niet. Christine moest beseffen dat Lorraine niet het type was voor wie je beslissingen nam.

'Hoe is Ryan?'

'Druk. Er wachten veel mensen in zijn kantoor. Ik heb ze niet goed bekeken, maar volgens mij zijn het mensen van bij ons, jonge jongens.'

'Ik hang nu op, er wordt aan de deur gebeld.'

'Tot straks. Blijf kalm.'

Het was Mr. Holloway die Ashby voor de open deur met een buiging begroette, heel beleefd en verontschuldigend. Hij leek zich zo klein mogelijk te willen maken om zo min mogelijk te storen.

'Komt u voor Lorraine Sherman?'

'Nee. Ik weet dat ze is gearriveerd en zich nu in Litchfield bevindt.'

Zijn oog zag de twee whiskyglazen, dat van Ashby, nog halfvol met een lichtgekleurde vloeistof, en dat van Lorraine, met donkerdere sporen onverdunde drank. Hij leek het te begrijpen, merkte ook de krant op van Danbury.

'Interessant artikel?'

'Ik heb het nog niet uit.'

'Lees gerust verder. Ik kom u niet storen. Ik zou alleen graag even naar de kamer willen waar miss Sherman logeerde. Misschien loop ik straks nog een beetje door het huis heen en weer, als u er geen bezwaar tegen hebt. Let vooral niet op me.'

Holloway en zijn vrouw vormden vast een vredig

paar vertederende oudjes en zij breide vast zijn wollen wanten, sokken en sjaals. Zou ze 's ochtends ook zijn stropdas strikken?

'Wilt u niet wat drinken?'

'Nu niet. Als ik later toch zin krijg, beloof ik dat ik het zeg.'

Hij wist de weg. Uit discretie kwam Ashby niet uit zijn stoel en pakte zijn krant weer op zonder goed te weten waar hij gebleven was.

De politie hoopte op een gegeven moment een serieus spoor te hebben toen de barman van de Little Cottage, een nacht-club aan de weg naar Hartford, een verklaring kwam af-leggen dat op de nacht van de moord, iets voor midder-nacht, in zijn gelegenheid een stel was neergestreken, in achteraf gezien verdachte omstandigheden.

De vrouw, heel jong, vertoonde gelijkenis met Belle Sherman. Ze was van streek, misschien ziek of dronken, en haar metgezel, een dertiger, sprak haar zachtjes maar dwingend toe alsof hij haar commandeerde.

'Ze schudde haar hoofd om te zeggen dat ze niet wilde' (in de woorden van de barman) 'en ze leek zo bang of moe dat ik op het punt stond in te grijpen want ik hou er niet van als vrouwen op een bepaalde toon worden toegespro-ken, ook niet 's nachts aan de grote weg en ook niet als ze een slok op hebben.'

VRAAG: *Bedoelt u dat ze dronken was?*

ANTWOORD: *Volgens mij zou ze na anderhalf glas tegen de vlakte zijn gegaan.*

VRAAG: *Heeft ze bij u niets gebruikt?*

ANTWOORD: *Ik weet nog dat hij haar op weg naar de bar bij de schouders vasthield om haar te ondersteunen. Misschien ook om te voorkomen dat ze wegliep. Hij wou bier bestellen. Ze zei zacht iets tegen hem. Ze waren het niet eens. Dat ben ik gewend en ik keek de andere kant op totdat ze me riepen en cocktails bestelden.*

VRAAG: *Heeft ze de hare opgedronken?*

ANTWOORD: *Ze heeft de hare bij het optillen omgegooid en zelfs haar jurk niet schoongeveegd. De man gaf zijn zakdoek, maar die weigerde ze. Toen pakte ze zijn glas uit zijn hand en dronk het leeg. Hij was woedend. Hij keek hoe laat het was, boog zich over haar heen en ik neem aan dat hij erop aandrong haar meteen mee te nemen...*

Ashby keek op. De kleine Mr. Holloway stond in de gang rond te kijken, een beetje als iemand die zich in een pas gehuurd huis afvraagt waar hij de meubels gaat zetten. Hij lette niet op Spencer. Hij leek ver weg. Hij liep tot de deur van Ashby's hol, deed hem open, ging er niet binnen, knikte en begaf zich naar de voordeur. Hij leek zo weinig voor zich te kijken dat Ashby zijn benen introk om hem te laten passeren en de man beleefd zei, zonder nadere uitleg:

'Bedankt.'

Ashby moest vervolgens een paar regels overslaan.

... aangezien de auto een New Yorkse nummerplaat had, wilde de politie dat spoor verder onderzoeken, tot de barman, geconfronteerd met de kleren die Belle Sherman die avond had gedragen, categorisch verklaard had dat het meisje in zijn zaak iets anders aan had gehad. Het meisje in Little Cottage droeg namelijk een jas van lichte wol, afgezet met bont rond de kraag en de manchetten over een nogal gekreukte jurk van zwarte of donkerblauwe zijde.

Bij navraag bleek het slachtoffer niet zo'n jas te bezitten en het lijkt onwaarschijnlijk dat ze die voor die avond nog ergens vandaan had gehaald.

De barman had nog gezegd dat een klant, bij het vertrek van het stel, had opgemerkt:

'Arm kind! Ik hoop dat het niet haar eerste keer is!'

Waarom las hij dat fragment, dat hele fragment over de Little Cottage nog eens over, terwijl het louter vulling was, zonder één nieuw detail? Niet voor de politie althans. Maar voor hem? Het bracht toch leven in het beeld dat hij bezig was zich van Belle te vormen? Of ze nu wel of niet het meisje was geweest dat in de nachtclub een cocktail had gedronken, ze hadden beide trekken gemeen en namen deel aan een soort leven waarvan hij alleen een theoretisch idee had.

Het was trouwens merkwaardig dat die dialoog gepubliceerd was, alsof de krant wist dat het voor een heleboel lezers een onthulling zou zijn. Alleen banale zinnen, maar ze zouden waarschijnlijk echt gezegd zijn. Wie nooit een voet in een nachtclub had gezet, kreeg het gevoel daar even binnen te zijn. Dat gold ook voor Ashby. Dat verslag had voor hem een menselijke warmte en zelfs een soort geur, een vrouwengeur. Het deed hem denken aan de poederdoos die ze uit hun tas halen, aan de tongpunt waarmee ze de poeder van hun lippen vegen en aan de lippenstift die ze vet en rood uitsmeren.

Geconfronteerd met haar lijk, had de barman nog gezegd: '*Zo jong was ze niet.*'

Maar die verklaring zou hem ingegeven kunnen zijn door voorzichtigheid, want als hij toegaf alcohol te hebben geschonken aan een minderjarig meisje, riskeerde hij zijn vergunning.

Er bestonden allerlei van zulke bars langs de grote wegen, vooral bij steden, tussen Providence en Boston, bijvoorbeeld – hij dacht aan een reis met Christine – op weg naar Cape Cod. De naamborden zijn blikvangers, altijd in neon, blauw of rood, een enkele keer paars. Miramar, Gotham, El Charro, of gewoon een voornaam: Nick's, Mario's, Louie's... En in kleinere lettertjes van een andere kleur, een bier- of whiskymerk. En binnen altijd zacht licht, gedempte muziek, donkere lambri-

sering en soms in een hoek boven de tapkast, een zilve-
rig tv-scherm.

Waarom, door welke associatie, moest hij denken
aan de auto's die je 's nachts langs de weg ziet staan,
waarin je bij het passeren twee bleke gezichten mond
op mond ziet?

'Nu wil ik wel graag een glaasje met u drinken,
Mr. Ashby. Mag ik?'

Hij ging zitten, stak zijn bril in de koker en de koker in zijn zak.

'Ik neem aan dat u meer dan wie dan ook hoopt dat
we de dader snel pakken. Ik vrees dat u lang zult moeten wachten. Anderen die zich met de zaak bezighou-
den denken er misschien anders over... Proost! Persoonlijk heb ik eerlijk gezegd steeds minder hoop. Weet u
wat er volgens mij gaat gebeuren? Wat er meestal met
dit soort zaken gebeurt. Want soms lijkt het of er regels
bestaan die niemand kent maar wel door de gebeurtenissen strikt worden opgevolgd. Over vijf of tien jaar,
dat maakt niet uit, wordt er weer een meisje dood gevonden in overeenkomstige omstandigheden, behalve
dat de moordenaar dan de pech heeft een aanwijzing
achter te laten. En dan wordt door deductie en onderzoek vastgesteld dat ze de moordenaar van Belle Sherman te pakken hebben.'

'Denkt u dat hij nog een keer toeslaat?'

'Vroeg of laat. Als zich overeenkomstige omstandigheden voordoen.'

'En als die zich niet voordoen?'

'Dan wekt hij ze op. Wat niet hoeft, helaas, want Belle Shermans zijn er te over.'

'Haar moeder kan elk moment verschijnen,' zei Ashby, een tikje gegeneerd.

'Weet ik. Ook zij kent vast minstens tien minnaars van haar dochter bij naam.'

Er steeg een golf bloed naar zijn gezicht.

'Weet u dat zeker?'

'Zodra de FBI ter plaatse was, daar in Virginia, kwamen de tongen los.

'Tolereerde haar moeder...?'

Had Mr. Holloway wel kinderen? Had hij een dochter? Hij sprak met een merkwaardige onverschilligheid, haalde zijn schouders op: 'Ze beweren allemaal dat ze het niet wisten, dat ze niet het flauwste vermoeden hadden...'

'Gelooft u ze niet?'

Ashby zou de mening van de korpschef die avond niet vernemen, want precies op dat moment in het gesprek vloog de deur open. Lorraine Sherman kwam als eerste binnen, met zo'n vaart dat ze met moeite tot stilstand kwam voor de opgestane kleine Mr. Holloway en hem haast omverliep. Christine volgde met haar armen vol boodschappen. Er heerste even verwarring. Ashby mompelde:

'Mr. Holloway, korpschef van het district.'

'Ik ben al bij de coroner geweest. Dat lijkt me genoeg.'

Het was vast geen kwaad mens, maar die dag leek ze een stoomwals die zich door niets liet hinderen en nergens voor terugdeinsde.

'Ik ben niet van plan Mrs. Sherman lastig te vallen,' zei de inspecteur alleen. 'Ik wilde net weggaan.'

Hij boog voor elk van de dames en reikte Ashby de hand.

'Denk aan mijn woorden!'

Hij bleef op de drempel staan kijken naar de slotenmakers die in schijnwerperlicht met de voordeur van de Katzen bezig waren. Hij leek te glimlachen om die maatregelen.

'Weet je dat Lorraine vanavond weggaat?'

Uit beleefdheid riep hij uit:

'Nee toch!'

'Ja. Dat was ze al van plan voor ze kwam.'

Christine zette haar boodschappen op de keukentafel, opende de koelkast en borg daar de vleeswaren op en het ijs.

'Ryan heeft haar zo'n drie kwartier vastgehouden en schijnt onfatsoenlijk over Belle te hebben gepraat.'

'Hou erover op!' onderbrak Lorraine haar geërgerd, schorder dan ooit. 'Het is een schoft. Dat zijn ze allemaal. Omdat een arm kind dood is...'

Bij haar binnenkomst had ze de fles al zien staan. Ze vroeg niemand meer wat, pakte ongegeneerd het glas van de korpschef en schonk zich in.

'Alle mannen zijn viespeuken. Dat zei ik al op school. Ze willen maar één ding en als dat lukt, is het jouw schuld dat je gezwicht bent.'

Ze liet een afkeurende blik rusten op Ashby, alsof het zíjn persoonlijke schuld was.

'Wat zij liefde noemen is bezoedelingsdrang, meer niet. Geloof me. Ik weet wat ik zeg. Ze denken zich van hun zonden te zuiveren en zo zelf gelouterd worden.'

Ze sloeg de whisky in één teug achterover, kokhalsde even en keek naar Ashby om hem uit te dagen tot een glimlach. Vreemd genoeg bleef ze kaarsrecht, waardig midden in de zitkamer staan, ondanks haar dronkenschap niet belachelijk, zelfs zo indrukwekkend, dat Christine haar boodschappen liet rusten om haar gade te slaan.

'Denk je dat ik zo praat omdat ik dronken ben?'

'Nee, Lorraine.'

'Je mag trouwens denken wat je wilt. Straks neem ik met mijn dochter de trein naar New York. Ze reist niet in dezelfde wagon, want ze is dood. In New York

moeten we tot morgenochtend wachten voor we verder kunnen, en als we in onze stad aankomen staat daar
heel wat nieuwsgierig volk om ons te zien uitstappen.'

Ze leek na te denken.

'Ik ben benieuwd of haar vader ook komt.'

Er klonk haat in de manier waarop ze dat woord uit-
sprak.

'Hoe laat zei je dat mijn trein vertrok?'

'Negen uur drieëntwintig. Je hebt tijd om te eten en
een uur te rusten.'

'Ik hoef niet te rusten. Geen behoefte aan.'

Met gefronste wenkbrauwen keek ze met plotselinge aandacht strak naar Ashby.

'Wat doe ik hier eigenlijk?'

'Waarom zeg je dat, Lorraine?'

'Omdat ik dat denk. Ik mag je man niet.'

Hij probeerde beleefd te glimlachen, probeerde zich
een houding te geven en begaf zich ten slotte naar de
deur van zijn hol.

'Ik wist dat hij een nepvent was. Ik hoef maar over
hem te beginnen of hij smeert 'm.'

Christine kon geen kant op. Het was niet het moment voor een scène en wederzijdse verwijten. Lorraine
had net haar dochter verloren, dat mochten ze niet
vergeten. Ze had een lange en zware reis achter de rug.
Ryan kennende, had hij haar waarschijnlijk geen afgrij-
selijke vragen bespaard.

Belle was in hun huis vermoord, bijna door hun schuld.

Mocht haar moeder niet drinken en tegen hem zeggen wat ze wilde?

Maar waarom voegde ze eraan toe, alsof ze hem een steen nawierp, op het moment dat Spencer de deur achter zich dichttrok: 'Dat zijn de ergste!'

TWEEDE DEEL

I

Hij besefte dat het een manie geworden was en dat vernederde hem. Het vernederde hem ook te zien hoe Christine het spelletje meespeelde. Ze had het duidelijk door. Hun beider trucjes lagen er dik bovenop.

Waarom voelde hij, als ze wegging voor boodschappen of iets anders, de behoefte om als een dier uit zijn hol tevoorschijn te springen? Voelde hij zich niet veilig meer zodra het huis rond zijn hol leeg was?

Het leek of hij bang was onverhoeds te worden aangevallen. Maar dat was het niet. Zijn reactie was puur nerveus. Hij zat, als hij alleen thuis was, liever in de zitkamer om uit te kijken op het garagepad.

Daar had hij voor zichzelf een plek ingericht, voor de haard, waar hij elke ochtend houtblokken stapelde, zodat hij een koukleum leek.

Zodra hij de auto de heuvel op hoorde komen, liep hij naar het raam, ervoor zorgend uit zicht te blijven, om onbespied te zien hoe Christine keek voordat ze een bestudeerd gezicht op kon zetten. En zij wist weer hoe hij haar beloerde, deed te ongedwongen, te onverschillig, stapte uit de auto, klom de trap op, veinsde zijn aanwezigheid pas te ontdekken als de deur eenmaal open was en vroeg dan opgewekt: 'Niemand langs geweest?'

Het spel had zijn eigen regels die ze allebei elke dag probeerden te perfectioneren.

'Nee. Niemand.'

'Geen telefoontjes?'

'Ook niet.'

Hij wist zeker dat ze zo sprak om haar gevoel van ongemak te verbergen, om de drukkende stilte te vullen. Vroeger had ze geen behoefte zonder motief te praten.

Als iemand die met zichzelf geen raad wist, volgde hij haar naar de keuken, zag haar de boodschappen in de koelkast leggen en probeerde steeds een teken van emotie op haar gezicht te zien.

'Wie ben je tegengekomen?' vroeg hij ten slotte terwijl hij een andere kant op keek.

'Echt niemand.'

'Wat zeg je? Was er om tien uur 's ochtends niemand bij de kruidenier?'

'Ik bedoel niemand speciaal. Ik heb er niet op gelet, zeg maar.'

'Dus je hebt niemand gesproken?'

Het was nooit goed, wat ze ook zei. Dat besefte ze. Hij ook. Dat maakte de toestand zo netelig. Als ze toegaf geen mens te hebben gesproken, zou hij daaruit afleiden dat ze zich schaamde of dat de mensen haar vermeden. Als ze wel iemand had gesproken, waarom gaf ze dat dan niet meteen toe en herhaalde ze niet tegen hem wat er gezegd was?

'Ik heb Lucile Rooney gezien bijvoorbeeld. Haar man komt de volgende week terug.'

'Waar zit hij dan?'

'In Chicago, dat weet je best. De directie heeft hem voor drie maanden naar Chicago gestuurd.'

'Heeft ze niks speciaals gezegd?'

'Alleen dat ze blij is dat hij terugkomt en dat ze de volgende keer met hem meegaat.'

'Heeft ze niks over mij gezegd?'

'Geen woord.'

'Is dat alles?'

'Ik zag Mrs. Scarborough, maar heb haar alleen uit de verte gegroet.'

'Waarom? Omdat ze een roddeltante is?'

'Nee, gewoon omdat ze aan de andere kant van de winkel stond en ik geen zin had mijn beurt bij de slager voorbij te laten gaan.'

Ze bewaarde al haar kalmte, liet geen enkel ongeduld blijken. Het was zover dat hij haar ook haar zachtheid kwalijk nam. Hij hoopte dat ze zich ten slotte zou verraden, dat ze er gek van werd. Moest hij geloven dat ze hem als een zieke zag? Of wist ze meer dan ze kwijt wilde over wat er tegen hem werd beraamd?

Hij had geen last van vervolgingswaan, maakte zich geen buitensporige dingen wijs.

Hij begon het gewoon door te krijgen.

Zaterdagmorgen begon hij aan haar te twijfelen. Ze kwam net terug van de boodschappen. Het was glad op de weg en daarom had hij uit het raam gekeken. Voor het eerst. Bewust althans. Hij had naar buiten gewild om haar de boodschappen te helpen dragen. Maar toen ze het autoportier dichtdeed, nog voor ze hem gezien had, niet wetend dat hij er stond omdat dat iets nieuws was, was haar blik blijven hangen op een punt van het huis, bij de voordeur; ze leek te schrikken, verbleekte en stond even stil om bij te komen.

Toen ze opkeek had ze hem zien staan en gebeurde er iets te snel, te automatisch: er verscheen een glimlach op haar lippen die ze stijf vasthield toen ze eenmaal binnen was.

'Wat zag je?'

'Ik?'

'Ja, jij.'

'Wanneer?'

'Daarnet, toen je naar de gevel keek.'

'Wat zou ik gezien moeten hebben?'

'Heeft iemand je iets gezegd?'

'Nee, hoezo? Wat zou iemand me gezegd moeten hebben?'

'Je leek verrast, geschokt.'

'Misschien door de kou, want ik had de verwarming in de auto aan, en toen ik het portier opendeed verstijfde ik even.'

Dat was niet zo. Hij had een van de Katz-dienstmeisjes ook al naar een bepaald punt van hun huis zien kijken. Hij had er niet bij stilgestaan, dacht dat het meisje een zwerfkat volgde. Nu kreeg het betekenis.

Christine had geprobeerd hem tegen te houden toen hij naar buiten ging, zonder hoed, zonder jas, zelfs zonder overschoenen, en bijna op de trap was uitgegleden.

Hij had het gezien. Op de hoeksteen, goed zichtbaar, rechts van de voordeur, stond een enorme, met teer geschilderde M. De kwast had gelekt, zodat het er nog lelijker, lager en boosaardiger uitzag. De M van *Murderer*, natuurlijk, zoals op de filmposter.

De dienstmeisjes van de overkant hadden het gezien. Sheila Katz waarschijnlijk ook. Haar man was meteen vertrokken na het plaatsen van de nieuwe sloten en het alarmsysteem, en Spencer had haar daarna vreemd genoeg eigenlijk niet meer gezien. Niet meer van voren. Niet meer voor het raam. Soms in de verte van opzij, een silhouet dat zich achter in de kamer oploste.

Had Katz haar verboden naar buiten te kijken of zich te laten zien? Had dat speciaal met Ashby te maken? Had hij zijn buurman met name genoemd?

De ontdekking van de oude Mr. Holloway dateerde van de vorige dag, van vrijdag. Hij was 's middags nog langs geweest, als terloops, en had een poos in de zitkamer gezeten, waar hij meer had gepraat over het weer en het treinongeluk in Michigan van de dag ervoor dan over de zaak. Aan het eind was hij met een zucht opgestaan:

'Ik denk dat ik u nogmaals toestemming vraag om een paar minuten in miss Shermans kamer door te brengen. Het wordt een manie van me, hè? Ik denk nog steeds dat ik een aanwijzing vind die ons tot nu toe is ontgaan.'

Hij was er zo lang gebleven, stil en waarschijnlijk roerloos, want er was geen geluid te horen, dat Ashby ten slotte naar zijn hol was teruggekeerd. Christine stond in de keuken te strijken. Alle lampen in huis brandden.

Sinds hij terug was van school, had hij zijn draaibank en timmerwerkbank niet meer aangeraakt. Vroeger droomde hij van een paar vrije dagen om een grote klus aan te pakken, maar nu hij de hele dag niets te doen had, kwam dat niet bij hem op. Hij had alleen zijn planken en laden opgeruimd. Hij was ook begonnen met wat aantekeningen, namen, losse zinnetjes en schema's die alleen hij kon begrijpen, als hij dat al kon.

Hij had al een aantal blaadjes. Een paar had hij er verscheurd, maar sommige notities had hij overgenomen.

Toen er geklopt werd, riep hij meteen 'binnen', want hij wist dat het Holloway was en verlangde naar het weerzien en had al twee glazen klaargezet: het begon een ritueel te worden.

'Gaat u zitten. Ik vroeg me al af of u was weggegaan zonder me dag te zeggen, wat me verbaasd zou hebben.'

Hij schonk de whisky in, deed er ijs bij en keek de oude politieman aan om te weten wanneer hij met het spuitwater moest stoppen.

'Bedankt. Genoeg. Stel u voor, ik heb me tot mijn verrassing niet vergist.'

Mr. Holloway zat met gestrekte benen, het glas in de hand, in de oude leren fauteuil die hetzelfde innige comfort bood als een oude pantoffel.

'Vanaf het begin zat me zonder duidelijke reden iets dwars in deze kwestie. Ik geloof dat ik u toen zei dat de precieze toedracht ons waarschijnlijk nooit duidelijk zou worden. Ik ben nu nog niet veel optimistischer, maar er is minstens één detail dat ik heb opgehelderd. Ik durfde te wedden, ziet u, dat haar kamer voor ons nog verrassingen in petto had, als ik me zo mag uitdrukken.'

Hij haalde zuchtend iets uit zijn vestzak en legde het voor Ashby op tafel, vermeed hem meteen aan te kijken, commentaar toe te voegen, keek strak naar zijn glas en nam een trage slok whisky.

Op tafel lag een van de drie huissleutels.

De kleine politieman mompelde eindelijk: 'U hebt de uwe, niet? Uw vrouw heeft de hare. Belle Sherman had er ook een, die heb ik dus net teruggevonden.'

Ashby reageerde niet. Waarom zou hij reageren? Hij

had niets te verbergen, niets te vrezen. Hij wist zich alleen geen raad met de nadrukkelijke wijze waarop Holloway hem niet aankeek en wist zich daarom geen houding te geven.

Vergrootte de ontdekking de bestaande verdenking?

'Weet u waar ik hem gevonden heb?'

'In haar kamer kennelijk.'

'Ik dacht dat ik bij mijn vorige bezoeken overal gezocht had. De specialisten en de mannen van inspecteur Averell, worden geacht elk hoekje te hebben doorzocht. Maar daarnet, toen ik midden in haar kamer zat, viel mijn oog op een zwarte handtas tussen twee boeken op een plank. Kent u deze tas?'

'Die ken ik. Belle had er twee, het suède exemplaar in uw hand, dat ze alleen gebruikte als ze uitging, en een gladleren voor elke dag.'

'Precies! En de sleutel zat dus in de zwarte tas.'

Ashby dacht aan de verklaring van Mrs. Katz. Holloway voelde dat. Daarom vervolgde de politieman zeker met: 'Vreemd, nietwaar?'

Ashby bestreed dat. Had hij ongelijk?

'U vergeet dat ze nooit beweerd heeft te hebben gezien wat Belle de man precies overhandigde. Als ik me goed herinner, zei ze dat het misschien een sleutel was geweest. Ze wist zelfs niet zeker of het wel Belle Sherman was.

'Weet ik. Het was misschien Belle, maar deze sleutel gaf ze zeker niet. Weet u trouwens welke tas ze die avond bij zich had?'

Hij antwoordde eerlijk van niet. Hij wist het niet. Het was belangrijk, dat besefte hij wel. Hij had kunnen liegen. Hij zag wel dat Mr. Holloway, sinds hij zijn hol betreden had, hem niet bekeek als de andere keren, maar met enige deernis.

'U weet toch zeker dat u haar niet hebt opengedaan toen ze tegen halftien thuiskwam, zogenaamd uit de bioscoop?'

'Ik ben deze kamer niet uit geweest. Ik zag haar tot mijn verbazing ineens boven aan het afstapje staan.'

'Had ze haar jas aan en haar muts op? Dan had ze vast ook haar handtas.'

'Kan best.'

'Omdat de andere tas duidelijk zichtbaar in haar kamer op tafel stond, werd aangenomen dat ze die gebruikt had. En omdat er in die tas geen sleutel zat, werd geconcludeerd dat Mrs. Katz' vermoeden klopte. Sindsdien zijn alle redeneringen daarvan uitgegaan.'

'En hoe nu verder?'

'Er moet ergens een fout gemaakt zijn. Het is een kwalijke geschiedenis, Mr. Ashby, een betreurenswaardige geschiedenis, en voor mijn rust en de uwe had het beter nooit gebeurd kunnen zijn. Ik had die sleutel ook liever niet gevonden. Ik weet nog niet waar die ons heen voert, maar ik voorzie dat mensen daar hun eigen conclusies uit gaan trekken. Als de sleutel in huis was, heeft Belle dus zelf haar moordenaar binnengelaten.'

'Is dat vreemder dan hem de sleutel op de drempel te overhandigen?'

'Ik begrijp uw visie, maar de mensen hebben vast een andere uitleg.'

Ten slotte vertrok hij, kennelijk niet met zichzelf tevreden.

De M moest in de loop van vrijdagnacht, na Holloway, zijn aangebracht, dus voordat de kranten over de sleutel hadden geschreven. Het was niet zomaar kwajongenswerk. Iemand had ergens een pot teer en een kwast vandaan moeten halen en daarmee door de vrieskou naar hun huis moeten lopen, want ze hadden in de buurt geen auto horen stoppen.

Na de scène met Christine op zaterdag en de ontdekking van de teerletter, waren er ook nog die kinderen geweest. Die kwamen elke zaterdag in een groepje buiten spelen. Als er sneeuw lag gebruikten ze meestal niet hun weggetje om te sleeën maar het volgende, steilere. Ze hadden nu dus met opzet de hele dag voor hun huis gespeeld. Dat zag je aan de manier waarop ze naar hun ramen loerden, elkaar aanstootten en geheimzinnig fluisterden.

Ashby had niets aan zijn gewoonten willen veranderen. Als hij in normale tijden een paar dagen verkouden thuisbleef, slofte hij van de haard in de zitkamer naar zijn hol. Nu gedroeg hij zich ook als een zieke, in een soort onbewuste mimicry, met zijn pijp in de mond en pantoffels aan zijn voeten.

Een keer of vier had hij, als hij zich omkeerde, een jongensgezicht tegen de ruit geplakt gezien.

Hij had niet geprobeerd de kinderen weg te jagen. Christine ook niet, al had ze hun gedoe wel opgemerkt. Ze wist net als hij dat dat maar beter was. Ze deed of er niets aan de hand was, niet alleen tegen anderen, maar ook tegen hem, en omdat ze bijna elke dag een comitévergadering had, een theekransje of liefdewerkbijeenkomst, bleef ze de deur uit gaan.

Hij had alleen het idee dat ze nooit langer dan strikt noodzakelijk wegbleef.

'Heeft niemand iets gezegd?'

'Alleen over het werk.'

Hij geloofde haar niet. Niet meer. Een van de notities op zijn bureau vroeg: *Christ. ook?*

Die vraag betrof niet Christus maar zijn vrouw en hield in: *Ziet zij mij ook, net als de anderen, als de mogelijke dader?*

De kranten waren nog niet zover, al schrapten ze elke dag een of meer hypotheses, zodat het lijstje slonk.

Niemand van de ondervraagde jongeren bekende Belle gezien te hebben op de avond of nacht van haar dood. Volgens Wilburns autopsie was ze voor één uur 's nachts gestorven. Omdat Christine toen nog niet thuis was, had Ashby geen alibi. De jongeren allemaal wel. De weinigen die na de bioscoop niet meteen naar huis waren gegaan, waren samen hotdogs of ijs gaan eten.

Er waren indiscrete vragen gesteld die door de krant in eigenaardig gekozen bewoordingen waren weergegeven:

Twee van de ondervraagde jongeren gaven toe vrij intiem verkeer met Belle Sherman te hebben gehad, maar benadrukten het feit dat hun omgang toevallig was geweest.

Ook daarover had Ashby aan zijn schrijftafel namen neergekrabbeld. Hij meende iedereen te kennen die met Belle uit geweest was. Veel van hen waren oud-leerlingen van hem, allemaal zonen van vrienden of mensen met wie hij omging.

Wie had hen ondervraagd? Waarschijnlijk Bill Ryan, want Christine had in zijn wachtkamer jongelui uit hun dorp gezien, toen ze met Lorraine in Litchfield was.

Wat bedoelde de redacteur met *vrij* intiem verkeer?

Die vragen overdacht hij in de eenzaamheid van zijn hol. Hij ging zitten, met een potlood in de hand, haalde zijn hand door zijn haar, net als vroeger toen hij 's nachts opbleef om zijn examens voor te bereiden. Hij begon werktuiglijk arabesken op het papier te tekenen en woorden op te schrijven, soms met een kruisje achter een naam.

Vrij intiem, dat moest slaan op geflikflooi in auto's. Alle genoemden konden beschikken over de auto van hun ouders. Het was bijna onmogelijk dat ze Belle meenamen naar bars als Little Cottage, want daar werden ze vanwege hun leeftijd niet bediend. Daarom namen ze een fles mee en stopten ergens langs de weg. Vandaar de toevoeging *toevallig*.

Zoiets gebeurde elke avond. Iedereen wist het, de ouders ook, maar die deden liever of ze niets wisten. Konden sommige ouders van uitgaande meisjes echt op die manier hun illusies bewaren?

Het was al zover dat hij in huis het minste geluid hoorde. Als er geen geluidjes meer waren, als hij zich omgeven voelde door stilte, werd hij ongerust en schoot uit zijn hol, terwijl hij zichzelf wijs maakte dat Christine met iemand fluisterde of dat er een complot tegen hem werd gesmeed.

Mr. Holloway had gelijk: het was een zeer onaangename kwestie. Iemand had Belle gewurgd. En het werd met de dag duidelijker dat het geen insluiper of zwerver geweest was. Die lui blijven niet onopgemerkt en alle wegen in Connecticut waren in de gaten gehouden.

Omdat het ook niet Ashby was – eigenlijk was hij de enige die dat zeker wist – was het iemand die door Belle was binnengelaten, dus waarschijnlijk iemand uit hun kennissenkring.

Alweer een reden om iets neer te krabbelen. Voorlopig leek de politie zich vooral te richten op jong volk. Maar Spencer dacht ook aan getrouwde mannen. Hij was vast niet de enige wiens vrouw die avond uit was geweest. Sommigen konden ongemerkt heel laat thuiskomen, omdat ze apart van hun vrouw sliepen.

Een van de jongens die bekend had een week voor haar dood met Belle 'aan zijn trekken te zijn gekomen', had erbij gezegd: 'We interesseerden haar niet erg.'

'Waarom niet?'

'Ze vond ons te jong.'

Ashby maakte rijtjes met namen en zijn hol begon verzadigd te raken van zijn eigen geur.

Na die zaterdag, waaraan hij een onaangename, grauwe herinnering bewaarde, kwam de zondagmorgen, die eigenlijk had gediend om de posities te bepalen.

Ze hadden de gewoonte naar de kerk te gaan. Christine was zeer gelovig en versierde eens in de vijf weken het altaar, als een van de meest actieve hulpdames van de kerk.

Hij had geaarzeld het onderwerp aan te snijden onder het aankleden en had ten slotte met een steeds vertrouwdere, vluchtige blik gemompeld:

'Kan ik niet beter thuisblijven?'

Ze had zijn gedachte niet meteen begrepen.

'Waarom? Voel je je niet goed?'

Hij vond het vreselijk om het uit te leggen. Ze had hem bijna op het idee gebracht te spijbelen, maar dat stond hem tegen.

'Het gaat niet om mij, maar om de anderen. Die zien me misschien liever niet verschijnen. Je weet wat er op school is gebeurd.'

Ze had de zaak niet licht opgevat, want het ging om de kerk en ze had de dominee gebeld. Een bewijs dat hij zich terecht zorgen maakte. De dominee had ook geaarzeld.

'Wat zei hij?'

'Dat er geen enkele reden was dat je de dienst niet zou bijwonen. Tenzij...'

Ze beet op haar lippen en bloosde.

'Tenzij ik de dader ben, zeker?'

Nu moest hij wel gaan. Hij ging met tegenzin. Hij voelde dat hij fout zat, dat hij daar niet op zijn plaats was, niet op die dag in elk geval. Het dooide, de sneeuw vertoonde roestspikkels en er vielen grote druppels van de daken; de auto's, vooral die met sneeuwkettingen, sproeiden aan weerszijden dikke stralen gesmolten sneeuw.

Christine en hij gingen op hun bank zitten, de vierde links, terwijl bijna iedereen al zat, en Ashby voelde meteen een soort leegte om zich heen. Zozeer dat hij durfde te zweren dat Christine hetzelfde moest voelen. Daarna sprak hij er niet over. Ook zij vermeed het onderwerp, net zoals ze vermeed over de preek te praten.

Hij vroeg zich af of de dominee een bijbedoeling had door geen bezwaar te hebben tegen zijn komst. Als thema voor die zondag had hij psalm 34, vers 22 gekozen:

Het kwaad doodt de zondige
en wie de rechtschapene haat zal ervoor boeten.

Maar lang voordat de man het woord nam, had Ashby al het gevoel althans voorlopig door de gemeenschap uitgesloten te zijn. Misschien was het wel geen echte uitsluiting. Misschien voelde hij zich bij de anderen niet meer thuis.

Hij voelde inderdaad een soort opstandigheid jegens hen. Ze zaten zoals elke zondag met zo'n driehonderd man om hem heen, ieder op zijn plaats, ieder in zijn beste pak, gezangen te zingen waarvan de nummers op het bord stonden, terwijl het harmonium met een vette deun de stemmen ondersteunde. Christine werd één met de gemeente, opende haar mond tegelijk met de anderen en haar ogen hadden dezelfde blik, haar gezicht dezelfde uitdrukking.

Ook hij had honderden zondagen met de gelovigen meegezongen, niet alleen in deze kerk, ook in de schoolkapel, in kapellen van andere scholen waar hij geweest was en ook in de kerk van zijn eigen dorp. De woorden en de melodie stegen naar zijn lippen, maar niet het geloof, en hij keek met een kille blik om zich heen.

Iedereen keek dezelfde kant op en baadde in een egaal licht, zonder mysterie. Naarmate hij zijn hoofd wendde om ze te observeren, zag hij hun ogen draaien, alleen hun ogen, in roerloze gezichten.

Ze beschuldigden hem niet. Ze stenigden hem niet. Ze zeiden niets. Misschien hadden ze hem jarenlang alleen gedoogd. Het was niet zijn dorp. Niet zijn kerk. Geen enkele familie kende hier de zijne en op het kerkhof hier lag geen van zijn voorouders; op geen grafsteen, op geen bladzij van het kerkregister stond zijn achternaam.

Dat werd hem niet verweten. Wat eigenlijk wel? Misschien dachten ze niet eens aan hem. Wat maakte het uit? Ze waren er, links, rechts, voor en achter, in één blok, een echte gemeenschap zoals Christine die zag, die de gezangen putte uit de onbewuste diepten waar ze wortelden.

Het kwaad doodt de zondige
en wie de rechtschapene haat zal ervoor boeten.

Met die woorden als uitgangspunt schiep dominee Burke in de kerk een tastbare wereld die iedereen insloot. De rechtvaardigen waren geen vaag begrip meer, maar vormden het uitverkoren volk dat de rijen sloot rond de Heer. Rechtvaardig waren ze allemaal, voor en achter hem, links en rechts, ook Christine, die met klare ogen en roze wangen zat te luisteren.

Hadden ze niet allemaal met hun onberispelijke geweten een heldere blik?

Nee, dat was niet zo, dat wist hij. Hij had er nooit te veel bij stilgestaan. De andere zondagen niet, toen gedroeg hij zich net als zij, was hij een van hen.

Nu niet meer, want was hij nu niet de 'zondige' die door de galmende stem van de dominee bedoeld werd?

Het kwaad doodt de zondige...

Voor hen allen was het duidelijk. Zij waren de rechtschapenen op hun eikenhouten banken en zij zouden straks nieuwe gezangen aanheffen.

De zondige kon geen lid zijn van de broederschap. Die sloot zichzelf uit.

Mr. Burke legde het helder uit en verbloemde niet

dat zijn preek nauw verband hield met het drama van de week en het onbehagen in het dorp.

Hij benoemde het slechts in bedekte bewoordingen, zoals de kranten de verhoren weergaven, maar toch was het duidelijk.

Al was de gemeenschap hecht, de geest van het kwaad zwierf rond, gunde zich nimmer rust en nam alle vormen aan om de haat jegens de rechtvaardige uit te dragen.

Die geest van het kwaad was geen vage demon. Het was een manier van bestaan waaraan iedereen zich maar al te gemakkelijk overgaf, een gevaarlijke houding tegenover het leven en zijn verzoekingen, toegeeflijkheid met betrekking tot bepaalde pleziertjes en verleidingen...

Ashby hoorde de woorden niet meer, maar de lange volzinnen dreunden in zijn hoofd, teruggekaatst van de vier muren als de golven van het harmonium.

Hij wist dat iedereen om hem heen de woorden van de dominee opslokte. Men werd weliswaar gewaarschuwd maar tegelijk gerustgesteld. Al was de geest van het kwaad machtig, al leek hij soms te winnen, de rechtvaardige zou altijd zegevieren.

Het kwaad doodt de zondige...

Ze voelden zich sterk en fatsoenlijk. Ze voelden zich de Wet, Justitie, elke nieuwe zin boven hun hoofden maakte hen groter, terwijl Ashby, tussen hen in, brozer en eenzamer werd.

De volgende nacht had hij ervan gedroomd en de droom was nog beklemmender geweest door de fysieke leegte om hem heen. De kerkproporties waren anders. De dominee las zijn preek niet voor, maar zong hem als een psalm, begeleid door het harmonium.

Al zingend keek de man hem aan, hem alleen, Spencer Ashby. Hij wist wat dat inhield. Ze wisten het allebei. Het was een spel, zoals met Christine, maar plechtiger en vreselijker. De duivel moest uit de kerk verdreven worden, niet meer en niet minder, en alle rechtschapenen wachtten tot hij met zijn vertrek zou bekennen dat hij de zondige was.

Zouden ze zich dan op hem storten om hem te doden of te stenigen?

Hij verzette zich, niet uit trots, maar uit eerzaamheid, verdedigde zijn zaak, zonder zijn mond te openen, wat een merkwaardig gevoel was.

Hij zei losjes: 'Ik verzeker u dat ik haar niet vermoord heb. Als ik het gedaan had, zou ik het echt zeggen.'

Vanwaar hun hardnekkigheid? Als rechtschapenen konden ze niet van hem eisen dat hij loog. Of waren ze toch niet zo rechtschapen?

Ze bleven hem strak aankijken en uitgedaagd door de dominee zei hij: 'Ik had haar niet eens opgemerkt. Vraag het maar aan mijn vrouw. Haar geloven jullie wel. Ze is een soort heilige.'

Toch hadden zij gelijk. Hij gaf het uiteindelijk toe, want hij kon niet blijven protesteren. Het ging niet om Belle, dat wist iedereen en hij ook, van het begin af aan. Het ging om het principe.

Het gaf niet om welk principe. Dat punt behoefde geen opheldering, dat was secundair. Hij had er net zo weinig zin in als de anderen, trouwens. Hij wilde voorkomen dat ze over Sheila Katz begonnen of over de benen van miss Moeller, want dat zou de situatie nog pijnlijker maken. Ook voor Christine was dat beter.

Hij wist niet hoe zijn droom was afgelopen. Hij was vervaagd. Hij had zich waarschijnlijk omgedraaid. Hij had vrijer geademd en later gedroomd van Sheila, met een te lange, magere hals, omwonden met meerdere, misschien wel tien rijen parels. Het halssnoer van Cleopatra, dacht hij, dat hij herkende uit zijn geschiedenisboek.

Niet echt natuurlijk. In werkelijkheid had hij Mrs. Katz nooit met een halssnoer gezien.

In werkelijkheid was ook de dienst op zondag uiteraard anders afgelopen. Christine en hij hadden op hun beurt de kerk verlaten, en de dominee had hun bij de deur, zoals elke zondag, de hand geschud. Had hij Christines hand echt wat langer in de zijne gehouden en daarna Ashby aangekeken met wat hij zou willen omschrijven als koele deernis?

Het woei. Iedereen begaf zich naar de auto's. De meeste mensen zwaaiden naar elkaar, maar hij zag geen enkele hand zijn kant op zwaaien.

Waarom zou hij het aan zijn vrouw vertellen? Ze kon toch niet begrijpen wat hij voelde. Ze stond te zeer aan hun kant, zoals altijd. Des te beter voor haar. Ze bofte. Eigenlijk had hij ook zo willen zijn.

'Meteen naar huis maar?'

Ze leek het vergeten te zijn.

Hij antwoordde: 'Best.'

Vaak reden ze voor de lunch nog een uurtje over het platteland of haalden een aperitiefje bij vrienden. De tekenen die mensen elkaar gaven bij het instappen betroffen zulke afspraakjes.

Zij hadden er geen. Ze dacht zeker bij zichzelf dat het huis wel leeg zou lijken. Niet alleen het huis, maar het hele dorp. Voor hem was het huis in elk geval leger dan normaal, beangstigend zelfs, zoals in een droom, waarin de wereld om je heen stilvalt tot je merkt dat dat komt omdat je dood bent.

'Goed beschouwd,' zei hij toen hij de motor startte, 'zaten er waarschijnlijk twintig meisjes die zich net zo gedroegen als Belle.'

Christine antwoordde niet, leek hem niet te horen.

'Niet alleen waarschijnlijk, maar onvermijdelijk,' ging hij verder.

Ze zweeg nog steeds.

'Er zijn mannen met haar naar bed geweest.'

Hij choqueerde haar met opzet, niet uit laagheid maar om haar stilzwijgen en haar irritante kalmte te doorbreken.

'De moordenaar was onder ons.'

Ze draaide zich niet naar hem om en zei met een neutrale stem, die ze tegen hem zelden gebruikte, alleen tegen mensen die ze hun plaats wees: 'Zo is het wel genoeg.'

'Waarom? Ik zeg alleen de waarheid. De dominee zelf...'

'Ik vroeg je je mond te houden.'

Hij nam het zich de rest van de dag kwalijk dat hij zich had laten gezeggen en haar gehoorzaamd had. Net alsof de dominee gelijk had en de zondige de vlag streek voor de rechtschapene...

Hij had zijn leven lang nooit iets kwaads gedaan. Zelfs minder dan de door Bill Ryan ondervraagde jongelui over wie de kranten schreven. Sommige van zijn leerlingen hadden op hun veertiende meer ervaring dan hij op zijn twintigste had gehad.

Dat nam hij ze misschien zo kwalijk. Toen ze vanmorgen zo uit volle borst zongen had hij hen een voor een willen aanwijzen om hun een paar lastige vragen te stellen.

Hoeveel hadden er zonder te blozen kunnen antwoorden? Hij kende ze. Ze kenden elkaar. Dus waarom deden ze net alsof ze feilloos en vlekkeloos waren?

Hij bleef aan zijn schrijftafel namen noteren. De door hem neergekrabbelde kabbalistische tekens waren een soort stenografie van zonden.

Christine en hij hadden elkaar die zondag niets te zeggen. Het was ongebruikelijk dat ze door niemand waren uitgenodigd en zelf hadden ze ook niemand gevraagd. Ze hadden naar de bioscoop gekund. Er was een middagvoorstelling. Die mogelijkheid kwam niet bij hen op, misschien in verband met Belles laatste avond.

Auto's die zich zogenaamd vergist hadden reden de doodlopende laan in met tegen de ruiten gedrukte gezichten. Ze kwamen het huis bekijken waarin Belle was doodgegaan. Ze kwamen kijken wat er gaande was. Ze kwamen Ashby bekijken.

Er gebeurde iets futiels, zonder enig belang, dat hem, God weet waarom, toch aangreep. Op een gegeven moment, tegen drieën of halfvier, toen hij net was opgestaan om zijn tabakspot van de schoorsteenmantel te pakken, ging de telefoon. Christine en hij strekten allebei hun hand uit. Hij was er eerder bij en nam op.

'Hallo,' zei hij.

Hij voelde duidelijk een aanwezigheid aan de andere kant van de lijn. Hij meende zelfs een ademhaling te horen, versterkt door het microfoonplaatje.

Hij herhaalde:

'Hallo, met Spencer Ashby...'

Christine, die haar naaiwerk weer had opgepakt, hief haar hoofd op en keek hem verbaasd aan.

'Hallo!' deed hij ongeduldig.

Er was niemand meer. Hij luisterde nog even en hing op. Zijn vrouw koos de stem die ze gebruikte om hem gerust te stellen.

'Verkeerd verbonden...'

Dat was het niet.

'Nu je toch staat, wil je de lichten even aandoen?'

Hij draaide beurtelings aan de schakelaars en begaf zich naar het raam om de jaloezieën te laten zakken. Dat deed hij nooit zonder een blik te werpen op de ramen aan de overkant.

Sheila speelde piano, gekleed in iets luchtigs roze, alleen in het grote vertrek waar een licht scheen van dezelfde tint als haar jurk. Haar strak rond haar hoofd gevlochten haar was diepzwart en haar hals lang.

'Lees je niet?'

Hij pakte de *New York Times* van zondag met alle bijlagen, maar was er snel mee klaar en vertrok naar zijn hol.

Op het blad papier waar al namen en losse woorden stonden, schreef hij: *Wat kan hij denken?*

De tijd stroomde zoals de druppels die van het dak vielen, en toen kwam de avondmaaltijd, het geluid van vaatwerk in de afwasmachine, de fauteuil voor de haard en ten slotte het doven van de lichten in het hele huis met als laatste die van de badkamer.

Vervolgens de befaamde droom.

De duidelijkere en kortere droom over Sheila.

Daarna weer een dag.

Hij nam de gewoonte aan om zijn ogen weg te draaien als Christine naar hem keek, en zij sloeg de hare neer zodra ze zich bekeken voelde.

Waarom?

2

Die woensdag lieten ze de hele dag het licht branden.
De hemel was laag, vol sneeuw die niet wilde vallen. Op
Main Street en in een paar zijstraten zag je slingers
straatverlichting branden en de auto's reden met stads-
lichten, een enkeling uit de bergen had zijn grote licht
nog aan.

Ashby had geen bad genomen. Hij had zich afgevraagd of hij zich wel zou scheren. Ongeschoren en on-
gewassen blijven was een soort protest en hij snoof
zijn eigen geur wellustig op. Aan de manier waarop hij
door het huis sloop zonder een rustpunt herkende
Christine zijn geestestoestand en ze liep op eieren om
hem geen houvast en aanleiding te bieden.

'Hoe laat ga je boodschappen doen?' vroeg hij, terwijl hij zich daar nooit mee bemoeide.

'Ik hoef vandaag geen boodschappen te doen. Ik heb
gisteren voor twee dagen gehaald.'

'Ga je niet weg?'

'Vanochtend niet. Hoezo?'

Toen besloot hij ineens om zich te wassen en zijn
schoenen aan te trekken. In het voorbijgaan betrad hij
zijn hol om een paar woorden te noteren dwars over
het blad papier dat permanent op zijn schrijftafel lag

en toen hij alweer in de zitkamer was ging de telefoon.

Hij nam de hoorn op, verwachtte meteen een herhaling van gisteren en zei vrij toonloos: 'Met Ashby.'

Hij bleef roerloos. Zijn vrouw keek hem aan maar gaf geen commentaar. Hij wilde niet tonen dat het hem aangreep. Want het greep hem net zo aan, misschien wel meer, dan de gekladde M op de gevel.

'De heren van de politie controleren misschien of ik nog niet gevlucht ben,' spotte hij nadat hij had opgehangen.

Dat dacht hij zelf niet. Dat zei hij voor Christine.

'Denk je dat ze dat zo aanpakken?' reageerde ze.

Met een hogere stem, die hem knarsend voorkwam, zei hij: 'Dan moet het de moordenaar wel zijn.'

Ditmaal geloofde hij het. Hij wist niet waarom. Dat berustte op geen enkele redenering. Was het zo raar te denken dat er een band ontstaan kon tussen hem en Belles moordenaar? Het was iemand die hem kende, die hem had geobserveerd, die hem misschien nog steeds observeerde. Om redenen van persoonlijke veiligheid kon die zich niet bij hem komen aangeven of door de telefoon vertellen: 'Ik ben de dader!'

Spencer haalde zijn jas en hoed uit de kast en ging bij de deur zitten om zijn overschoenen aan te trekken.

'Neem je de auto?'

Ze paste wel op hem te vragen waar hij heen ging, maar probeerde er indirect achter te komen.

'Nee, ik ga alleen naar het postkantoor.'

Daar was hij maar twee keer geweest sinds Belles dood. De andere dagen was zijn vrouw er na de boodschappen langsgegaan, als ze ook de kranten meenam.

'Zal ik niet gaan?'

'Nee.'

Je kon hem beter niet dwarszitten. Kennelijk was het een dag dat hij zijn zin wilde doordrijven, dat begreep ze al toen hij de keuken binnenkwam voor het ontbijt. Hij nam de tijd om een pijp te stoppen en aan te steken, zijn handschoenen aan te trekken voordat hij de deur uit ging, en loerde intussen naar de ramen van Sheila, waar hij niemand zag. Ze zou wel ontbijt op bed besteld hebben. Hij had haar een keer gezien vanaf de zolder, waar hij iets moest doen. Aan weerszijden van haar bed stonden roze lampjes en dat had hem flink aangegrepen.

Hij liep de helling af, ging rechtsaf Main Street in, bleef even staan voor een etalage met elektrische apparaten en bevond zich voor de zuilen van het postkantoor, net een kwartier na aankomst van de post. Daardoor stond er een mannetje of vijftien in de hal, de plaatselijke topfiguren voor wie de post telt, kletsend terwijl de twee postbeambten de enveloppen sorteerden en in de postbussen stopten.

Sinds hij wakker was, wist hij dat er die dag iets mis

zou gaan en misschien was hij hier om het sneller achter de rug te hebben. Hij had geen idee van de manier waarop het zou gebeuren en nog minder uit welke hoek het zou komen. Het maakte niet uit, hij was toch van plan het zo nodig uit te lokken.

Hij had weer vervelend gedroomd, nog erger dan de kerkdroom. Hij wilde zich geen details herinneren. Het ging over Belle, zoals hij haar had zien liggen toen haar deur openging, maar niet precies dezelfde; ze had een ander gezicht gehad en was niet echt dood.

Zelfs Cecil B. Boehme, de directeur van Crestview, kwam persoonlijk elke morgen de schoolpost afhalen. Langs de stoep stonden bekende auto's. Wachtend op de post bladerden sommigen bij de kiosk door tijdschriften of praatten over politiek. Ashby herinnerde zich niet eerder op dit uur de etalage verlicht te hebben gezien.

Hij liep de trap van het postkantoor op, duwde de deur open en herkende meteen Weston Vaughan, naast twee anderen, toevallig Mr. Boehme en een grootgrondbezitter uit de omgeving.

Ashby was niet dol op zijn aangetrouwde neef. En Weston had hem nooit zijn huwelijk vergeven met Christine, van wie hij had gehoopt dat ze de oude vrijster van de familie zou blijven. Weston en zij waren volle neef en nicht, maar Christine was nog altijd de dochter van senator Vaughan en hij maar de neef.

Dat deed er nu even niet toe; Spencer wist alleen dat nu stond te gebeuren wat hij voorvoelde en liep expres recht op Vaughan af, met uitgestrekte hand en een ferme, licht arrogante blik.

Weston was een belangrijk man in de regio, ten eerste omdat hij *attorney* was, maar ook omdat hij aan politiek deed, zonder zich overigens kandidaat te stellen, en ten slotte vanwege zijn scherpe tong en bijtende geest.

De neef had zijn besluit snel genomen, bekeek de uitgestoken hand, sloeg zijn armen over elkaar en zei met zijn hoge stem die in alle hoeken van het postkantoor te horen was: 'Beste Spencer, ik moet zeggen dat ik je houding niet begrijp. Ik weet dat volgens de liberale wetten van ons land iemand onschuldig heet te zijn zolang zijn schuld niet bewezen is, maar fatsoen en discretie bestaan ook nog.'

Hij had zijn speech voorbereid, misschien al sinds dagen, voor als hij Ashby zou tegenkomen, en hij greep zijn kans nu en vervolgde zichtbaar voldaan: 'Je mag vrij rondlopen, gefeliciteerd. Maar verplaats je even in ons. Stel dat er tien procent kans is dat je schuldig bent. Dan geef je ons tien kansen, m'n beste Spencer, om de hand te drukken van een moordenaar. Een heer hoort zijn medeburgers niet zo'n alternatief te bieden. Hij vertoont zich niet in het openbaar, lokt geen commentaar uit, houdt zich gedeisd en wacht af. Ik heb gezegd.'

Daarop nam hij een sigaret uit een zilveren koker en tikte het uiteinde tegen het deksel. Ashby gaf geen krimp. Hij was langer en magerder dan Vaughan, die na een paar seconden, de gevaarlijkste, twee passen terug had gedaan, als om aan te geven dat hij het onderhoud als beëindigd beschouwde.

In tegenstelling tot wat de toeschouwers verwachtten, sloeg Spencer hem niet, hief zijn hand niet. Sommigen hadden diep vanbinnen zeker met hem te doen. Hij haalde zwaarder adem, zijn lippen trilden.

Hij sloeg zijn ogen niet neer. Hij keek iedereen aan, te beginnen met zijn aangetrouwde neef, bij wie zijn blik vaak terugkwam, en ook Mr. Boehme, die zich omdraaide alsof hij iets bij het loket voor aangetekende stukken moest doen.

Was hij op deze confrontatie uit geweest, was hij die dreun komen halen? Had hij behoefte aan de bevestiging die Vaughan hem had gegeven?

Hij had hem moeiteloos van repliek kunnen dienen. Toen Christine haar huwelijk had aangekondigd, had Weston daar bijvoorbeeld een stokje voor willen steken, omdat het familiefortuin volgens hem bestemd was voor de Vaughans en niet voor eventuele Ashby'tjes. Hij was zo keihard voor zijn eigen kinderen opgekomen dat Christine een testament had getekend – met een voor Spencer onbekende inhoud – waardoor de neef was gekalmeerd.

Weston had ook het huwelijkscontract opgesteld dat Ashby tot een vreemdeling in zijn eigen huis maakte.

Nu vroeg hij zich af of Christines kinderloosheid wel echt te maken had met het feit dat ze bij haar huwelijk over de dertig was. Dat onderwerp was tussen hen altijd vermeden en de waarheid was misschien niet zo simpel als hij had gedacht.

Vorig jaar had Vaughan nog vijfduizend dollar contant gekregen in ruil voor...

Hij reageerde niet, waarom zou hij? Hij zei niets, gaf iedereen de tijd hem te bekijken en liep met zijn sleutelbos in de aanslag naar zijn postbus.

Hij was tevreden over zichzelf. Hij had zich waardig gedragen, zoals hij zich had voorgenomen bij een dergelijke gelegenheid. Toch was hij bijna door iets futiels van zijn stuk gebracht. Van het stapeltje brieven en folders uit de postbus gleed een briefkaart op de grond met het plaatje omhoog van een grof getekende en gekleurde galg en een onderschrift waarvoor hij niet de moeite nam het te lezen.

Een van de tien of vijftien aanwezigen lachte, terwijl Ashby zich bukte, de kaart opraapte en ongelezen in een grote prullenmand wierp.

Volgens hem stond het incident in het postkantoor gelijk met een oorlogsverklaring. Die moest er komen, van de ene of van de andere kant. Zijn geweten was inmiddels gekalmeerd en hij stak de straat over met grote kalme passen, betrad de krantenzaak, groette niemand en nam de tijd.

Hij was angstig benieuwd of de mysterieuze telefoontjes door zouden blijven gaan. Wist Belles moordenaar het al? Was hij persoonlijk op het postkantoor aanwezig geweest?

Hij liep zonder haast met de kranten onder zijn arm de heuvel op naar huis en nam blauwe trekjes van zijn pijp. Vanaf beneden viel zijn blik op Sheila, althans op een silhouet dat alleen het hare kon zijn, in de slaapkamer, maar toen hij naderde om details te onderscheiden, was ze verdwenen.

Zou hij Christine vertellen wat er gebeurd was? Dat wist hij nog niet zeker. Dat hing af van zijn inspiratie. Hij moest eerst een detail bij haar controleren. Daaraan had hij 's ochtends in bed gedacht. Hij lag wakker maar had zijn ogen nog halfdicht. Hij had haar gezicht op twee manieren gezien, rechtstreeks en gespiegeld, terwijl ze zich onbespied waande, helemaal zichzelf was en met gefronste wenkbrauwen haar eigen gedachten volgde.

Straks zou hij naar zijn hol gaan. Daar bewaarde hij

een oude gele envelop met foto's van zijn familie en zijn jeugd en hij wist welke foto van zijn moeder hij wilde vergelijken met Christines beeld van die ochtend.

Als hij het goed zag, was het lot merkwaardig. Eigenlijk niet eens zo buitengewoon. En dat verklaarde misschien bijna alles.

Christine zag hem die ochtend ook een beetje vanachter een gordijn naar huis terugkomen, net zoals wanneer hij naar haar keek en dacht dat ze hem niet zag. Was ze al op de hoogte? Dat kon best. Weston was in staat geweest haar vanuit een telefooncel te bellen.

Ze was een goede vrouw. Ze hield van hem, deed wat ze kon om hem gelukkig te maken, zoals ze met haar liefdadigheidswerk kommer en kwel probeerde te lenigen.

'Staat er iets nieuws in de kranten?'

'Ik heb ze nog niet gezien.'

'Ryan wil je spreken.'

'Heeft hij gebeld?'

Ze raakte even uit haar doen. Het was ernstiger, ried hij. Hij zag nu ook het gelige papiertje op tafel liggen.

'Een politieman kwam deze oproep afgeven. Je moet om vier uur in Litchfield bij de coroner op kantoor komen. Ik heb de agent uitgehoord. Ze schijnen alle getuigen opnieuw te willen ondervragen. Omdat ze niets hebben gevonden, doen ze het hele onderzoek over.'

Het verontrustte haar dat hij zo rustig bleef, maar hij kon niet anders. Terwijl hij naar haar keek, dacht hij niet aan haar, noch aan het onderzoek, noch aan Belle, maar aan zijn moeder, die vermoedelijk nog steeds in Vermont woonde.

'Zal ik meegaan?'

'Nee.'

'Hoe laat wil je eten?'

'Wanneer je wilt.'

Hij ging zijn hol binnen en deed de deur dicht. Op het blad papier noteerde hij datum en tijdstip van het postkantoorincident, alsof dat ooit van belang kon zijn, en zette er een paar uitroeptekens achter.

Hij trok een la open, pakte de envelop met foto's en spreidde die voor zich uit. De foto's van hem als jongetje interesseerden hem niet, die waren er trouwens niet veel en bijna allemaal op school genomen klassenfoto's. Van zijn vader bezat Spencer alleen een piepklein portretje van toen hij vijfentwintig was, met een verrassende glimlach, tussen blijdschap en melancholie.

Hij leek niet op hem, behalve misschien in dat langwerpige hoofd, de lange hals en de vooruitstekende adamsappel.

Hij vond wat hij zocht, de foto van zijn moeder in de blauwe, hooggesloten jurk, pakte een loep die op zijn schrijftafel slingerde, want het afdrukje was klein. Bij de bestudering werd zijn blik bitter.

Het was moeilijk te zeggen waarin de twee vrouwen op elkaar leken; het zat 'm minder in de trekken dan in de uitdrukking; het ging vooral om het type mens.

Hij had zich niet vergist toen hij Christine bij de spiegel had geobserveerd. Beide vrouwen waren van hetzelfde type. Misschien had zijn moeder, die hij zoveel kwalijk had genomen, eigenlijk ook al het mogelijke gedaan om zijn vader gelukkig te maken.

Op haar manier dan? Het moest wel haar eigen manier geweest zijn. Ze had kunnen rekenen op de algemene goedkeuring, want haar manier was als die van de groep. Ze kon in de kerk net zo uit volle borst zingen als Christine, zonder te vrezen dat de rijen der gelovigen zich voor haar zouden sluiten.

Moest hij geloven dat hij instinctief met Christine was getrouwd om zich onder haar bescherming te plaatsen, onder haar wil eerder, of om zich voor zichzelf te beschermen?

Dat klopte, hij was altijd bang geweest als zijn vader te eindigen. Hij had hem nauwelijks gekend. Wat hij van hem wist, had hij van de familie gehoord, vooral van zijn moeder. Hij was al heel jong in een internaat gestopt en bracht de zomers meestal in vakantiekampen door of werd naar verre tantes gestuurd, zodat hij zelden de kans kreeg zijn vader en moeder samen te zien.

Zijn vader had maîtresses. Zo heette dat. Later had hij begrepen dat het niet helemaal klopte. Voor zover hij het verleden stukje bij beetje had kunnen reconstrueren, kon zijn vader plotseling voor weken verdwijnen om vervolgens op te duiken op de beruchtste plekken van Boston, New York, Chicago of Montreal.

Hij leefde daar dan niet alleen, maar het ging niet om een vrouw of vrouwen. Hij dronk. Ze hadden hem proberen te ontwennen en twee keer in een kliniek laten opnemen. Hij was zeker ongeneeslijk verklaard, want ze hadden het ten slotte opgegeven.

Met een blik op het kind Spencer van toen, had zijn moeder hoofdschuddend verzucht: 'Als hij maar niet als zijn vader wordt!'

Hij had altijd zeker geweten dat hij wel als zijn vader zou worden. Daarom was hij waarschijnlijk door diens dood zo van streek geweest. Hij was zeventien toen ze hem van zijn *college* naar de begrafenis lieten komen. Toen was de kwaaie de dode in zijn kist, niet hij. Toch had Spencer toen ongeveer hetzelfde gevoeld als afgelopen zondag in de kerk. Maar misschien was het omgekeerd, misschien had hij zich zondag gevoeld als vroeger.

De kerk had vol gezeten, want zijn vaders familie was belangrijk en die van zijn moeder, de Harnessen, helemaal. De mensen rond de baar vormden een eensgezind blok van afkeuring en waren duidelijk opgelucht over de manier waarop de dominee sprak over God, wiens wegen ondoorgrondelijk zijn.

God had hen eindelijk verlost van Stuart S. Ashby. In werkelijkheid had Ashby zich een pistoolkogel door de mond gejaagd en de herkomst van het wapen was vreemd genoeg nooit vastgesteld. Het was wel een zaak geweest. De politie had zich ermee bemoeid. Ashby's zelfmoord was gepleegd in een gemeubileerde kamer in Boston en de vrouw die erbij was geweest en daarna met zijn horloge was gevlucht was ten slotte gepakt.

Zelfs het condoleanceregister had betuigd: '*Lieve vriendin, eindelijk van dat kruis verlost!*'

Zijn vader had een mooie brief geschreven, waarin hij om vergeving vroeg. Zijn moeder had hem aan iedereen voorgelezen, waarbij ze de tekst letterlijk nam, en Spencer had zich als enige afgevraagd of sommige dubbelzinnigheden niet pijnlijk ironisch bedoeld waren.

Zijn moeder zei: '*Als jij maar nooit gaat drinken, want als je naar hem aardt...*'

Dat had zo'n angst bij hem gewekt dat hij voor zijn vijfentwintigste geen bier had aangeraakt. Zijn zwakheid lag niet zozeer in een bepaalde ondeugd, een precies gevaar, maar in de aantrekking van iets vaags, bepaalde wijken in grote steden bijvoorbeeld, bepaalde straten, bepaalde lichtjes, bepaalde muziek, ja, bepaalde geuren.

Hij nam aan dat de wereld van zijn moeder, met louter vrede en fatsoen, veiligheid en aanzien, hem wilde verstoten, zoals die ooit zijn vader verstoten had.

Als hij eerlijk was dacht hij dat niet echt, want eigenlijk wilde hij zelf die wereld verstoten en aanvechten. Soms haatte hij die.

De aanblik van deuren van bepaalde bars, op een regenachtige avond, deed hem duizelen. Hij keek afgunstig naar bedelaars en clochards. Toen hij nog niet afgestudeerd was, ging hij er lang van uit dat hij in de goot zou eindigen.

Was hij daarom met Christine getrouwd? Alles was op den duur zondig geworden. Hij had zijn leven gebruikt om de zonde te ontvluchten en tot aan zijn huwelijk had hij de meeste zomervakanties als een eenzame padvinder met een rugzak rondgetrokken.

'De lunch staat klaar, Spencer.'

Ze had de foto's gezien, maar zei er niets over. Ze was intelligenter en gevoeliger dan zijn moeder vroeger.

Na de lunch dutte hij weg in de fauteuil voor de haard, schrok op van het rinkelen van de telefoon, stond niet op, keek naar Christine die had opgenomen en na het uitspreken van haar naam, zoals gewoonlijk, niets meer zei. Toen ze ophing, wist hij niet hoe hij de vraag moest stellen, en brabbelde onhandig: 'Was *hij* het?'

'Niemand zei wat.'

'Hoorde je hem ademen?'

'Ik dacht van wel, ja.'

Ze aarzelde. 'Wil je echt niet liever dat ik meega?'

'Nee, ik ga alleen.'

'Ik zou meteen een paar boodschappen in Litchfield kunnen doen, terwijl jij bij de coroner zit.'

'Wat wou je dan kopen?'

'Kleine dingetjes, garen, knopen, elastiek...'

'Dat hebben ze hier ook.'

Hij wilde niet dat er iemand met hem meeging in deze toestand. Hij wilde helemaal niet dat er iemand meeging. Tegen de tijd dat hij bij Ryan klaar was, zou het al helemaal donker zijn, en hij had al een tijd geen stad, zelfs geen stadje, bij kunstlicht gezien.

Hij ging zijn fles scotch halen, schonk een glas voor zichzelf in en bood aan: 'Jij ook?'

'Nu niet, dank je.'

Ze voegde er vanzelf aan toe: 'Neem niet te veel. Vergeet niet dat je nog naar Ryan moet.'

Hij dronk niet te veel, was nooit dronken. Daarvoor was hij te bang. Zijn vrouw was ongerust over de manier waarop hij de laatste tijd naar de fles keek, alsof hij er geen ontzag meer voor had.

Arme Christine! Ze was zo graag meegegaan om hem te beschermen! Niet noodzakelijk uit liefde, maar uit plichtsbesef, net als zijn moeder, of als vertegenwoordigster van de gemeenschap. Nee? Was dat onrechtvaardig?

Misschien niet, eigenlijk. Hij liet het maar. Ze was niet verliefd in de volle betekenis van het woord. Ze was niet in staat tot passie. Maar misschien hield ze toch van hem.

Spencer kreeg bijna met haar te doen door de angstige blik waarmee ze hem zijn glas zag legen. Als ze ergens een auto kon vinden, zou ze hem misschien volgen om hem tegen zichzelf in bescherming te nemen.

Nee, zeg. Verrek! Hij dronk zijn whisky expres in één teug leeg en schonk zich een tweede glas in.

'Spencer!'

Hij keek haar niet-begrijpend aan.

'Wat?'

Ze durfde niet verder te gaan. Dat had haar neef Weston vanmorgen op het postkantoor ook niet gedurfd. Toch had Ashby tegen hem niets teruggezegd, zelfs geen dreigende houding aangenomen. Hij had de bal alleen strak aangekeken en daarna, een voor een, de mensen om hem heen.

Als hij zich 's zondags bij de dienst had omgedraaid en de mensen had aangekeken, hadden ze misschien geschrokken hun gezang gestaakt.

'Kijk, Katz komt even zien of niemand zijn schatje heeft geschaakt!' grinnikte hij.

Dat was niet zijn gewone toon. Ze praatten nooit over Katz, die zich op dat moment in zijn zwarte limousine voor zijn huis liet afzetten. Christine bekeek haar man met verbazing en was echt bezorgd. Hij wist dat hij haar geschokt had, maar had daar lak aan en liep naar de slaapkamer om voor zijn vertrek nog even een kam door zijn haar te halen.

Zij had de hele dag zitten naaien. Kiezen vrouwen dat werk niet af en toe om nederig en verdienstelijk te lijken?

'Tot straks.'

Hij boog zich voorover voor een zoen op haar voorhoofd. Zij zocht met haar vingers zijn pols, als aanmoediging of om het noodlot te bezweren.

'Rij niet te hard.'

Dat was hij niet van plan. Zo wilde hij niet doodgaan. Hij vond het heerlijk vanuit de donkere auto de wereld op te slokken in de lichtende afgrond van zijn koplampen. De komst van Katz daarnet had hem teleurgesteld, vooral omdat de man dit keer waarschijnlijk langer zou blijven dan een paar uur. Hij was gewend na elke reis een paar dagen thuis door te brengen en dan zag Ashby 's morgens zijn vette, onuitstaanbaar voldane silhouet achter het raam van diens slaapkamer.

Ryan had het vast expres gedaan. Er was niemand in de wachtkamer toen Spencer precies om vier uur aankwam. Hij wou net aankloppen maar zag de coroner achter zijn bureau zitten bellen, terwijl miss Moeller in de deuropening zei: 'Zou u even willen plaatsnemen, Mr. Ashby?'

Ze had hem een stoel in de wachtkamer gewezen waar hij vervolgens twintig minuten alleen was gelaten. Niemand was de kamer binnengegaan. Niemand was eruit gekomen. Maar toen miss Moeller hem eindelijk vroeg binnen te komen, zat in een hoek een lange jongeman met een borstelcoupe.

Hij werd niet aan hem voorgesteld. Er werd gedaan alsof hij niet bestond. Hij bleef in het donker zitten, met zijn lange benen over elkaar. Hij droeg een sober, typisch New England-pak en had het serieuze, onverschillige van jonge kernfysici. Dat bleek hij later, zoals te verwachten, niet te zijn; het was een psychiater, door Bill Ryan als expert opgeroepen.

Zou het zijn houding veranderd hebben als hij dat eerder geweten had? Waarschijnlijk niet. Hij keek de coroner recht in zijn gezicht, wat de man op den duur ging ergeren.

Ryan was niet geweldig trots op zichzelf als hij diep in zijn geweten groef. Was hij zonder zijn huwelijk zover gekomen in zijn loopbaan? Hij had altijd gedaan wat hij moest doen, was getrouwd met wie hij moest trouwen, had zich aan de goede kant geplaatst, lach-

te als lachen nut had, was verontwaardigd als hem gevraagd werd verontwaardigd te zijn.

Het zou hem soms moeilijk vallen de strenge dien-
der te spelen, want hij had een hitsig lijf, heet bloed en
waarschijnlijk grote behoeften. Had hij een manier gevonden om die te bevredigen? Liet miss Moeller hem
aan zijn trekken komen?

'Gaat u zitten, Ashby. Ik weet niet of u het weet, maar
we zijn na een week onderzoek nog geen stap verder,
eerder een stap terug. Ik heb besloten het onderzoek
van voren af aan over te doen en sluit niet uit dat er een
dezer dagen een reconstructie van de feiten komt.

Vergeet niet dat u de hoofdgetuige bent. Terwijl u
hier bent, gaat de politie vanavond een proefje doen om
te controleren of een andere getuige, Mrs. Katz, echt
heeft kunnen zien wat ze beweert gezien te hebben.
Kortom, we pakken de zaak nu serieus aan.'

Hij had misschien gehoopt hem van zijn stuk te
brengen, maar deze min of meer dreigende toon stelde
Ashby juist op zijn gemak.

'Ik ga u weer, in dezelfde volgorde, de vragen stellen
die ik u bij mijn eerste verhoor heb gesteld en miss
Moeller zal uw antwoorden noteren.'

Ditmaal zat ze niet op een canapé, maar achter een bureau, en toch was er weer eenzelfde portie been te zien.

'Bent u zover, miss Moeller?'

'U kunt beginnen.'

'Ik neem aan, Ashby, dat u een goed geheugen hebt? Iedereen neemt aan dat een leraar een uitstekend geheugen heeft.'

'Niet voor tekst, als u dat bedoelt, en ik ben niet in staat mijn antwoorden van de vorige week te herhalen.'

Kon iemand als Ryan voldaan zijn over zichzelf? Bij de volgende verkiezingen zou hij rechter worden, en over een tiental jaren, senator, misschien opperrechter van Connecticut, met twintigduizend dollar per jaar. Allerlei mensen, niet allemaal aanbevelenswaardig, hadden hem in zijn loopbaan gesteund, steunden hem nog steeds en meenden daaraan rechten te ontlenen.

'Uw vrouw beweerde dat u de avond van de moord de deur niet uit bent geweest.'

'Dat klopt.'

Hij vond de woorden meteen terug. In tegenstelling tot wat hij dacht en net ervoor tegen Ryan had verklaard, waren de zinnen in zijn geheugen nog intact, zowel de vragen als de antwoorden, zodat het een spel werd, het leek op de teksten die hij de leerlingen elk jaar in dezelfde tijd hoorde herhalen.

'Waarom?'

'Waarom wat?'

'Waarom bent u de deur niet uit geweest?'

'Omdat ik geen zin had om uit te gaan.'

'*Uw vrouw heeft u opgebeld... etc., etc.* Zal ik dat over-slaan?'

'Als u wilt. Het antwoord is: *Inderdaad. Ik zei toen dat ik naar bed ging!*

Klopt dat?'

Miss Moeller knikte. De antwoorden volgden elkaar op. Sommige troffen hem nu.

'*Hebt u het meisje niet gezien?*

'*Ze is me dag komen zeggen.*'

Het deed denken aan de herhaling van een droom waarbij je je afvraagt of de afloop hetzelfde blijft.

'*Zei ze tegen u dat ze naar bed ging?*'

Hij bekeek de onbekende in de hoek met het gevoel dat deze hem oplettender observeerde dan eerst; daar-door vergat hij zijn tekst en improviseerde hij.

'Ik heb niet gehoord wat ze zei.'

De eerste keer was zijn uitleg langer geweest. Mis-schien door de plotselinge aandacht van de man die niet aan hem was voorgesteld of door de woorden 'naar bed gaan' die beelden hadden opgeroepen, zag hij Belle weer op de grond liggen, met alle details.

'Voelt u zich moe?'

'Nee. Hoezo?'

'U lijkt moe of bezorgd.'

Ryan had zich tot zijn metgezel gewend om een blik met hem te wisselen en later werd duidelijk waarom.

'Ziet u wel!' zou hij wel gezegd hebben.

Foster Lewis, zo heette hij, sprak niet. Hij nam niet één keer het woord. Zijn taak was waarschijnlijk niet officieel. Ashby kende de wet niet, maar nam aan dat een officiële expertise elders zou plaatsvinden, in een ziekenhuis of in een spreekkamer, niet met een jonge vrouw in de buurt, al was ze de secretaresse van de coroner.

Waarom had Ryan eigenlijk het oordeel van een psychiater nodig? Omdat hij Ashby's gedrag abnormaal had gevonden? Of gewoon, omdat volgens hem Belle alleen vermoord kon zijn door een gestoorde en dat hij alle verdachten aan een expert wilde voorleggen?

Hij vroeg zich dat niet af. Ze waren nog steeds bij de oude tekst.

'Hoe laat was het?'

'Weet ik niet.'

'Ongeveer?'

'Geen flauw idee.'

'...'

'...'

'Kwam ze terug van de bioscoop?'

'...'

Ze sloegen antwoorden over. Het eind kwam in zicht.

'Had ze haar muts op en haar jas aan?'

'Ja.'

'Hoe zegt u?'

Hij had geantwoord zonder na te denken en had zich vergist. Hij herstelde:

'Pardon. Ik bedoelde dat ze haar donkere baret op had.'

'Weet u dat zeker?'

'Ja.'

'Herinnert u zich haar handtas niet?'

'...'

'...'

'Had ze minnaars?'

'Ze had vrienden en vriendinnen.'

Hij wist nu dat dat niet waar was. Minstens twee jongens hadden met haar gevreeën. Maar misschien niet helemaal, anders had de krant het anders uitgedrukt.

'Waar denkt u aan?'

'Nergens aan.'

'Was er ook een bijzonder frequente bij?'

'Ik...'

'Ik luister. U wat...?'

'Moet ik antwoorden zoals de laatste keer?'

'Zeg maar de waarheid.'

'Ik heb de kranten gelezen.'

'U weet dus dat ze lovers had.'

'Ja.'

'Hoe reageerde u toen u dat las?'

'Eerst wou ik het niet geloven.'

'Waarom niet?'

Ze hielden zich niet meer aan de tekst. Ze waren allebei ontspoord. Spencer improviseerde, keek Ryan in de ogen en verklaarde:

'Ik heb lange tijd geloofd in de eerlijkheid van mannen en de eer van vrouwen.'

'Dus nu gelooft u daar niet meer in?'

'Wat Belle Sherman betreft zeker niet. U kent toch de feiten?'

De coroner stak zijn glimmende volle gezicht naar voren en vroeg: 'En u?'

3

Ze kwamen nu bij een ander soort vragen, waarover Ryan aantekeningen op een blad papier had staan, in een ander handschrift dan het zijne. Voordat hij verderging, wendde hij zich tot Foster Lewis, die afwezig in zijn hoek bleef zitten, en commandeerde vrij lomp: 'Ik denk, miss Moeller, dat u dit deel van het verhoor wel in uw kantoor kunt uittikken.'

Hoe zou hij haar noemen als ze alleen waren? Ze had forse ogen, forse lippen, forse borsten en een fors achterwerk waarmee ze draaide bij het lopen. Toen ze voor Ashby langsliep, keek ze hem aan, zoals ze waarschijnlijk elke man aankeek, met een lonkblik, waarna ze heupwiegend in het aangrenzend vertrek verdween waarvan ze de deur half openliet.

Ashby was zeer op zijn gemak. Hij klopte zelfs zijn pijp uit in een asbak op het bureau, bijna onder de neus van de coroner, die dezelfde asbak voor zijn sigaar gebruikte. Pas na een nieuwe pijp te hebben gestopt en aangestoken ging hij weer in zijn fauteuil zitten, de benen over elkaar, net als de andere zwijgende figuur met zijn borstelcoupe.

'U zult merken dat ik uw antwoorden verder niet opschrijf. De vragen die ik u wil stellen zijn meer van persoonlijke aard.'

Hij leek protest te verwachten van Ashby, maar die keek wel uit.

'Mag ik u allereerst vragen waaraan uw vader gestorven is?'

Dat wist de man heus wel. Dat stond waarschijnlijk op het papier voor hem dat hij maar met moeite kon lezen vanwege te kleine of onduidelijke letters. Waarom wilde hij hem dat laten zeggen? Om zijn reactie te peilen?

Om te tonen dat hij het doorhad, antwoordde Ashby naar de hoek waar Lewis zat.

'Mijn vader pleegde zelfmoord met een pistoolschot in zijn mond.'

Foster Lewis bleef onverschillig, ver weg, maar Ryan gaf knikjes zoals sommige leraren bij het mondeling doen om hun favoriete leerlingen aan te moedigen.

'Weet u waarom hij dat deed?'

'Hij had het leven wel gezien, vermoed ik.'

'Ik bedoel: had hij slechte zaken gedaan of zat hij in de penarie?'

'Volgens mijn familie had hij zijn vermogen en deels ook dat van mijn moeder erdoor gejaagd.'

'Hield u veel van uw vader, Mr. Ashby?'

'Ik heb hem weinig meegemaakt.'

'Omdat hij haast nooit thuis was?'

'Omdat ik bijna continu op het internaat zat.'

Dat soort vragen had hij verwacht toen hij het papier zag en Ryans gezicht. Hij begreep waar hij en zijn compagnon op uit waren en dat liet hem koud; hij had zich zelden zo lucide en op zijn gemak gevoeld.

'Wat vond u van uw vader?'

Hij glimlachte.

'En u, meneer de coroner? Hij kon niet zo best met anderen overweg, denk ik, en anderen niet met hem.'

'Hoe oud was hij toen hij stierf?'

Hij moest even in zijn geheugen graven. De uitkomst trof hem en hij zei met een zekere schaamte: 'Achtendertig.'

Drie jaar jonger dan hij nu zelf was. Het idee dat zijn vader korter geleefd had dan hijzelf stoorde hem.

'U hebt zeker liever niet dat ik doorga op een voor u vermoedelijk pijnlijk onderwerp.'

Het was niet pijnlijk en zelfs niet vervelend, maar dat zei hij maar niet.

'Hebt u veel vrienden gemaakt, Mr. Ashby, op al uw scholen?'

Hij deed zijn best na te denken. Al was hij op zijn gemak, hij nam de zaak toch niet te licht op.

'Kameraden, zoals iedereen.'

'Ik bedoel vrienden.'

'Niet veel. Heel weinig.'

'Helemaal niet?'

'Inderdaad, strikt genomen helemaal niet.'

'Was u daardoor nogal eenzaam?'

'Niet echt, nee. Ik zat op voetbal, baseball en hockey en heb zelfs in toneelstukken gespeeld.'

'Maar u zocht niet het gezelschap van uw kameraden?'

'Misschien zochten zij het mijne niet.'

'Vanwege uw vaders reputatie?'

'Ik weet het niet. Dat heb ik niet gezegd.'

'Denkt u niet, Mr. Ashby, dat u verlegen of overgevoelig was? U bent altijd beschouwd als een briljante leerling. U hebt overal het beeld achtergelaten van een intelligente maar eenzelvige en melancholiek aangelegde jongen.'

Hij zag op het bureau blaadjes liggen met de briefhoofden van verschillende scholen. Kennelijk waren zijn oude scholen aangeschreven om nadere inlichtingen over hem te verkrijgen. Misschien had Ryan zijn cijfers voor Latijn in de derde klas gezien en het oordeel van de directeur met de sik die hem een loopbaan bij een laboratorium had geadviseerd.

Volgens de kranten waren niet alleen alle jongens en meisjes uit het dorp ondervraagd, maar ook vaste bioscoopbezoekers, pompbedienden en barmannen uit de verre omtrek. Ook in Virginia had de FBI gewroet in Belles verleden en schoolgeschiedenis met betrekking tot honderden mensen.

Dat enorme karwei had nauwelijks een week geduurd. Had dat niet waanzinnig veel energie gekost? Het deed hem denken aan een onlangs op school gedraaide documentaire over de mobilisering van witte bloedlichaampjes bij de nadering van vreemde microben.

Duizenden mensen stierven elke week op de wegen, duizenden zieltoogden elke nacht in hun bed, zonder dat de maatschappij daar last van had. Maar nu een jong meisje, Belle Sherman, gewurgd was, raakten alle cellen in grote beroering.

Kwam dat niet omdat de gemeenschap, om Christines term te gebruiken, in gevaar was? Iemand had de regels overtreden, had zich in de marge begeven en had de wetten getart, en dit vernietigende element moest ontmaskerd en gestraft worden.

'Glimlacht u, Mr. Ashby?'

'Nee, meneer de coroner.'

Hij noemde hem opzettelijk bij zijn titel, wat Ryan even van zijn stuk bracht.

'Vindt u dit verhoor grappig?'

'Absoluut niet, dat verzeker ik u. Ik begrijp dat u zich van mijn geestelijk evenwicht wilt verzekeren. U zult het met me eens zijn dat ik uw vragen zo goed mogelijk heb beantwoord. Zo wil ik doorgaan.'

Ook Lewis had onwillekeurig geglimlacht. Ryan had niet de vereiste tact om een dergelijk onderneming te leiden. Dat voelde hij zelf, hij schoof heen en weer op zijn stoel, hoestte, drukte zijn sigaar in de asbak uit en stak een andere op, waarvan hij het puntje op de vloer spuugde.

'Bent u getrouwd, Mr. Ashby?'

'Op mijn tweeëndertigste.'

'Tegenwoordig heet dat laat. Hebt u voor die tijd veel avontuurtjes gehad?'

Spencer zweeg, verbluft.

'Hebt u mijn vraag niet gehoord?'

'Moet ik antwoorden?'

'Dat moet u zelf beoordelen.'

Miss Moeller zou wel meeluisteren in het aangrenzende kantoor, waarvan de deur nog steeds niet dicht was en waar geen schrijfmachine was te horen. Wat kon Ashby dat eigenlijk schelen?

'Voor zover ik het door u gebruikte woord begrijp, heb ik geen avontuurtjes gehad, Mr. Ryan.'

'Flirts?'

'Nee. Dat vooral niet.'

'Had u eerder de neiging het gezelschap van vrouwen te ontvluchten?'

'Ik zocht het niet.'

'Houdt dat in dat u voor uw huwelijk geen geslachtsverkeer hebt gehad?'

Hij zweeg weer. Waarom zei hij niet alles?

'Dat klopt niet. Dat heb ik meegemaakt.'

'Vaak?'

'Een keer of tien.'

'Met jonge meisjes?'

'Zeker niet.'

'Getrouwde vrouwen?'

'Met beroeps.'

Wilden ze hem dat laten bekennen? Was dat zo buitengewoon? Hij had geen zin gehad zijn bestaan te compliceren. Eén keer was het hem overkomen... Maar dat vroegen ze hem niet.

'Hebt u sinds uw huwelijk relaties gehad met andere vrouwen dan uw eigen?'

'Nee, Mr. Ryan.'

Hij was weer vrolijk. Een man als Ryan slaagde er on gewild in hem een zeldzaam gevoel van superioriteit te verschaffen.

'U wilt zeker beweren dat u nooit interesse had in Belle Sherman toen ze bij u logeerde?'

'Inderdaad. Ik heb haar aanwezigheid nauwelijks opgemerkt.'

'Bent u nooit ziek geweest, Mr. Ashby?'

'Mazelen en roodvonk in mijn jeugd. Twee jaar geleden bronchitis.'

'Geen zenuwklachten?'

'Niet dat ik weet. Ik heb mezelf altijd beschouwd als geestelijk gezond.'

Misschien nam hij die houding ten onrechte aan. Die lui daar weren zich en ze hebben weinig last van hun geweten als ze hun wapens kiezen, want zij zijn de wet. Vonden ze het zo belangrijk om de dader te vinden? Waren ze niet met elke verdachte tevreden?

Waar ging het om? Om te straffen. Maar straffen waarvoor?

Was Ashby in hun ogen niet even gevaarlijk als Belles echte verkrachter en moordenaar? Volgens de oude Mr. Holloway, die het kon weten, zou de moordenaar zich jaren gedeisd kunnen houden in een vrij voorbeeldig bestaan, zodat niemand hem zou verdenken. Alleen zou hij misschien op een dag, over tien of twintig jaar, als hij de kans kreeg, opnieuw toeslaan.

Dat gaf niet, slachtoffers telden niet, op een lijk meer of minder werd niet gekeken.

Het was een kwestie van principe. En sinds een week wisten ze zeker dat Spencer Ashby, leraar op Crestview School, niet meer bij hen hoorde.

'Ik geloof dat ik verder geen vragen voor u heb.'

Wat gingen ze doen? Hem ter plekke arresteren? Waarom niet? Hij kreeg een beetje een brok in zijn keel, want het was toch vrij indrukwekkend. Hij begon het zelfs te betreuren dat hij zo onbevangen gesproken had. Hij had hen misschien gekwetst. Die lui zijn voor niets zo bang als voor ironie. Hun serieus geachte vragen dienen serieus beantwoord te worden.

'Wat denkt u ervan, Lewis?'

Toen werd eindelijk 's mans naam uitgesproken, Ryan verklapte het geheim met een goedmoedige, lichtelijk schelmse blik.

'U hebt vast wel van hem gehoord, Ashby. Ik heb Foster Lewis, een van de briljantste psychiaters van de jonge school, als vriend gevraagd een paar verhoren in deze zaak bij te wonen. Ik weet nog niet wat hij van u vindt. U hebt gemerkt dat we niet samen gesmoesd hebben. Wat mij betreft hebt u uw toets glansrijk doorstaan.'

De psychiater boog met een beleefde glimlach.

'Mr. Ashby is zeker een intelligent man,' zei hij op zijn beurt.

En Ryan voegde daaraan toe, niet zonder zekere naïviteit: 'Ik was wel blij hem kalmer aan te treffen dan vorige keer. Bij het verhoor bij hem thuis was hij zo gespannen, zo... fel, als ik dat mag zeggen, dat hij een onaangename indruk maakte.'

Ze waren alle drie opgestaan. Ze schenen hem vanavond niet te hoeven arresteren. Tenzij Ryan, te laf om hem direct te grijpen, hem onder aan de trap door de sheriff liet oppakken. Daartoe was hij in staat.

'Dat was alles voor vandaag, Ashby. Ik ga door met het onderzoek, zoals het hoort. Ik ga net zo lang door als nodig is.'

Hij reikte hem de hand. Was dat een goed of een

slecht teken? Foster Lewis reikte hem op zijn beurt een lange knokige hand.

'Het was me een genoegen...'

Miss Moeller kwam niet naar buiten uit haar aangrenzende kantoortje, waar ze nu eindelijk zat te tikken. Het gebouw had de tijd gehad leeg te lopen en er brandden alleen nog een paar lampen, vooral in de gangen en in de hal. Open deuren leidden naar lege vertrekken waar een willekeurig iemand ongestoord in dossiers kon snuffelen. Een merkwaardige ervaring. Hij kwam bij vergissing in een rechtszaal terecht met dezelfde witte muren, dezelfde eikenhouten lambriseringen, dezelfde banken en dezelfde strenge eenvoud als hun kerk.

Hij werd inderdaad niet gearresteerd. Niemand wachtte hem op bij de uitgang. Hij werd ook door niemand gevolgd in de hoofdstraat, waar hij in plaats van zijn auto een bar zocht.

Hij had geen dorst. Hij had niet speciaal behoefte aan alcohol. Het was een weloverwogen, zeer koele daad, een soort protest. Daarnet had hij ook al ten overstaan van Christine twee glazen whisky achterovergeslagen.

Zou ze zo aangedrongen hebben om hem naar Litchfield te vergezellen omdat ze vreesde dat hij geneigd was tot... wat hij nu deed?

Niet helemaal, hij moest haar niet zomaar zwartmaken. Ze vermoedde dat het verhoor vervelend zou zijn, dat hij zich daarna bedrukt zou voelen, en was bereid om hem dan op te beuren.

Maar ook om te voorkomen dat hij ging drinken. Of wellicht nog iets ergers ging doen. Ze was niet zo zeker van hem. Zij hoorde bij het blok, was er deel van, een van de hoekstenen als het ware.

In principe had ze vertrouwen in hem. Maar reageerde ze af en toe niet net als haar neef Weston of als Ryan?

Want Ryan beschouwde hem helemaal niet als onschuldig. Daarom was hij op het laatst ook zo joviaal geweest. Hij was ervan overtuigd dat Ashby zich in de nesten werkte. Het was slechts een kwestie van tijd, van list, en ten slotte zou Ryan hem wel krijgen en de *attorney general* een onwrikbare zaak voorschotelen.

Er vielen lichte sneeuwvlokjes. De winkels waren dicht, de etalages verlicht en in de vitrine van een damesconfectiezaak stonden drie naakte mannequins in rare houdingen, alsof ze voor de voorbijgangers een buiging maakten.

Er was een bar op de hoek van de straat, maar daar zou hij bekenden tegen kunnen komen en hij had geen zin in aanspraak. Misschien zaten Ryan en Foster Lewis daar zijn zaak te bespreken. Hij liep liever door tot het derde kruispunt, om binnen te dringen in de warmte en het zachte licht van een kroeg waar hij nog nooit geweest was.

De televisie stond aan. Op het scherm zat een meneer achter een tafel het laatste nieuws voor te lezen, af en toe zijn hoofd optillend en zijn blik naar voren richtend alsof hij de kijkers kon zien. Aan het eind van de tapkast bespraken twee mannen, een van hen in werkkleding, de bouw van een huis.

Ashby zette zijn ellebogen op de stang, bekeek de vaag verlichte flessen, en wees er ten slotte een aan van een hem onbekend whiskymerk.

'Is die lekker?'

'We schenken 'm, dus sommige klanten vinden van wel.'

De anderen vermoedden niet welk effect zijn aanwezigheid hier op hem had. Zij waren dit gewend. Ze wisten niet dat hij in geen jaren in een bar geweest was en daar sowieso maar zelden een voet had gezet.

Een detail fascineerde hem: het buikige glazen meubelstuk, vol grammofoonplaatjes en glimmend raderwerk waaromheen rode, gele en blauwe lichtjes draaiden. Als de televisie niet aan had gestaan, had hij er een muntje in gegooid om het apparaat in werking te zien.

Voor de meeste mensen was het een vertrouwd apparaat. Voor hem die zoiets maar een of twee keer had gezien, had het ding, god weet waarom, iets onzedelijks.

De whisky ook, die anders smaakte dan thuis. En de inrichting, de glimlach van de barman, zijn gesteven witte jasje, dat alles was deel van een verboden wereld.

Hij vroeg zich niet af waarom het verboden was. Sommige van zijn vrienden bezochten bars. Weston Vaughan, Christines neef, toch bekend als een nette man, ging er af en toe een cocktail drinken. Christine had het hem ook nooit verboden.

Die taboes had hij alleen zichzelf opgelegd. Misschien betekenden sommige dingen voor hem niet hetzelfde als voor anderen.

De sfeer hier bijvoorbeeld! Hij had net al een teken gegeven om zijn glas bij te vullen. Dat ging nog. Maar de bar was in een straat in Litchfield, twaalf mijl van huis. Door de inrichting, de geur, de lichtjes rond de jukebox, was hij nergens meer, leek elke band met zijn leven plotseling doorgesneden.

Christine en hij reden maar zelden 's nachts auto, maar het was wel eens voorgekomen. Ze waren bijvoorbeeld een keer met de auto naar Cape Cod geweest. Op de snelweg liepen in beide richtingen twee, drie banen auto's die met hun koplampen je hoofd binnenreden en aan beide kanten zwarte afgronden achterlieten, met alleen af en toe een geruststellend eiland van een tankstation of het blauw-met-rode neonbord van een bar of nachtclub.

Had Christine ooit vermoed hoe duizelingwekkend dat voor hem was? Allereerst fysiek. Hij dacht steeds dat hij nog eens verpletterd zou worden door een van die sleeën die hem alleen door een wonder ontweken en links van hem een permanent, dreigend lawaai maakten.

De herrie was zo oorverdovend dat hij moest schreeuwen om zich bij zijn vrouw verstaanbaar te maken.

'Hier rechtsaf?'

'Nee, de volgende.'

'Maar er staat toch een bord?'

En dan zij in zijn oor, ook schreeuwend: 'Niet het goede!'

Soms schond hij de regel. Was het niet gek een niet-bestaande, door niemand gemaakte regel te schenden? Dan deed hij net of hij naar de wc moest, om zich even onder te kunnen dompelen in de zwoele sfeer van een bar, met op de tapkast leunende mensen, afwezige blikken en paartjes in halfduistere boxen.

'Een scotch!' bestelde hij in het voorbijgaan.

Want voor alle eerlijkheid liep hij eerst door naar de wc. Daar was het vaak smerig, soms stonden er schunnige woorden en tekeningen op de muren.

Welk houvast had je 's nachts langs de grote wegen zonder zulke gelegenheden en tankstations? Verder was er niets verlicht. Dorpen of stadjes sluimerden bijna altijd buiten zicht.

Af en toe, als er een auto langskwam, dook uit het donker buiten zo'n bar een silhouet op en ging er een duim omhoog die je veinsde niet te zien. Soms was het een vrouw die een eind verderop moest zijn en voor de lift de gevraagde prijs wilde betalen.

Waar moest ze heen? Om wat te doen? Dat maakte niet uit, er waren duizenden van zulke mannen en vrouwen die aan de zelfkant van de grote weg leefden.

Het was nog indrukwekkender als er met sirene en piepende remmen bij zo'n silhouet een politieauto stopte waarin zo iemand als een etalagepop werd afgevoerd. Zo pikte de politie ook lijken op van verkeers- en andere slachtoffers en in sommige bars waar ze in hun uniform binnenkwamen hanteerden ze de knuppel.

Een keer had hij 's ochtends vroeg, voor zonsopgang, in een buitenwijk van Boston een soort beleg gezien: een man op een dak en in alle straten eromheen politie, brandweer, ladders en schijnwerpers.

Dat had hij niet verteld aan Ryan noch aan Foster Lewis. Maar goed ook. Vooral omdat hij bij dat tafereel in Boston jaloers was geweest op de man op het dak.

De barman keek hem aan met een blik die leek te vragen of hij nog een derde glas wilde, want hij werd aangezien voor zo'n eenzame drinker die zich in een paar minuten laat vollopen en dan licht wankelend maar voldaan weer vertrekt. Die heb je veel. Je hebt er ook die willen vechten en anderen die huilen.

Hij hoorde tot de ene noch de andere categorie.

'Hoeveel?'

'Eén dollar twintig.'

Dat hij daar vertrok betekende nog niet dat hij naar huis ging. Misschien was het zijn laatste avond voordat Ryan hem zou arresteren. Hij wist niet wat daarvan zou komen. Hij zou zich verzetten, zou een advocaat uit Hartford nemen. Hij wist zeker dat hij niet veroordeeld zou worden.

Toen hij over straat liep dacht hij aan Sheila Katz, omdat er een Joods meisje aan haar moeders arm langskwam. Hij keek haar na: ook zij had een lange slanke hals. Hij stopte een pijp en merkte dat hij voor het glanzende interieur van een snelbuffet stond. Alles was wit, de muren, de tafels, de bar, en in al dat wit zat miss Moeller in haar eentje aan de toonbank. Ze zat met haar rug naar hem toe. Ze had een eekhoornbontmuts op en ook haar jas had een bontrandje.

Waarom zou hij niet naar binnen gaan? Hij had het gevoel dat het een beetje zijn dag was, dat hij alle rechten had. Zijn uitje was voorbedacht. Toen hij zijn vrouw bij het afscheid op haar voorhoofd zoende, wist hij al dat het een bijzondere avond zou worden.

'Hoe gaat het, miss Moeller?'

Ze draaide zich verbaasd om, met een van mosterd druipende hotdog in haar hand.

'Bent u het?'

Ze was niet bang. Wel een beetje verbaasd dat een man als hij deze tent bezocht.

'Komt u zitten?'

Reken maar. En hij bestelde een koffie en ook een hotdog. Ze zagen elkaar samen in de spiegel. Dat was grappig. Miss Moeller leek het leuk te vinden en dat ergerde hem niet.

'Bent u niet boos op mijn baas?'

'Helemaal niet. Hij deed zijn werk.'

'Zo neemt lang niet iedereen het op. U hebt zich in elk geval schitterend geweerd.'

'Vindt u?'

'Toen ik ze weer zag, leken ze allebei tevreden. Ik dacht dat u meteen naar huis zou gaan.'

'Waarom?'

'Ik weet niet. Alleen al om uw vrouw gerust te stellen.'

'Ze is niet ongerust.'

'Goed, uit gewoonte dan.'

'Welke gewoonte, miss Moeller?'

'U hebt een rare manier van vragen stellen. Uw gewoonte om thuis te zitten bedoel ik. Ik kan me niet voorstellen dat u...'

'Dat u een heer als ik na zonsondergang in de stad kunt tegenkomen, bedoelt u?'

'Zo ongeveer.'

'Toch heb ik net in een bar twee whisky's gedronken.'

'In uw eentje?'

'Ik was u jammer genoeg nog niet tegengekomen. Maar dat ga ik straks goedmaken, als het mag. Wat lacht u?'

'Zomaar. Stel me geen vragen.'

'Doe ik raar?'

'Nee.'

'Pak ik het verkeerd aan?'

'Dat ook niet.'

'Denkt u aan iets komisch?'

Met een vertrouwd gebaar, alsof ze al jaren verkering hadden, legde ze haar hand op zijn knie; haar hand was warm en ze trok hem niet meteen terug.

'Volgens mij bent u heel anders dan hoe de mensen u zien.'

'Hoe zien ze me dan?'

'Weet u dat niet?'

'Als een saaie heer?'

'Dat zeg ik niet.'

'Keurig?'

'Dat zeker.'

'Iemand die bij een verhoor verklaart dat hij zijn vrouw nooit bedrogen heeft?'

Ze had hem kennelijk afgeluisterd, want ze fronste niet. Ze had haar eten op en was bezig haar lippen te stiften. Hij had zo'n stift eerder gezien en vond er iets seksueels aan.

'Hebt u het idee dat ik Ryan alles verteld heb?'

Daar stond ze toch even versteld van.

'Ik nam aan...' begon ze, met gefronste wenkbrauwen.

Hij vreesde haar verontrust te hebben en nu was het zijn beurt zijn hand te leggen, niet op haar dij, dat durfde hij niet meteen, maar op haar bovenarm.

'U had gelijk. Ik maakte een grapje.'

Hij ving haar zijdelingse blik op met een zo neutrale uitdrukking en was zo helemaal Spencer Ashby, leraar op Crestview School en echtgenoot van Christine, dat ze het uitproestte van het lachen.

'Eindelijk...' verzuchtte ze, als antwoord op haar eigen gedachten.

'Eindelijk wat?'

'Niks. Dat begrijpt u toch niet. En nu laat ik u alleen, want ik moet naar huis.'

'Nee.'

'Hè?'

'Ik zei nee. U hebt me beloofd iets met me te gaan drinken.'

'Ik heb niks beloofd, dat was u...'

Dat soort spelletjes had hij nooit willen spelen en het leek hem ineens zo makkelijk. Het ging erom te lachen of te glimlachen, erop los te kletsen en te voorkomen dat er een stilte viel.

'Prima. Ik heb het beloofd, dus ik neem u mee. Ver weg. Bent u wel eens in Little Cottage geweest?'

'Dat is in Hartford!'

'In de buurt van Hartford, ja. Bent u daar wel eens geweest?'

'Nee.'

'Daar gaan we heen.'

'Dat is een heel eind.'

'Nog geen halfuur met de auto.'

'Ik moet mijn moeder waarschuwen.'

'Bel haar maar daarvandaan.'

Je zou gezworen hebben dat hij ervaring had met dit soort avonturen. Hij leek te jongleren. De vlokken buiten werden dikker en dichter. Op de stoepen stonden diepe voetstappen in de verse sneeuw.

'Stel dat er een blizzard opsteekt en we niet meer terug kunnen?'

'Dan zijn we ertoe veroordeeld de hele nacht door te drinken,' antwoordde hij ernstig.

Het dak van zijn auto was wit. Hij liet zijn passagier voorgaan, hield het portier open en besefte pas toen hij haar aanraakte, zogenaamd om haar te helpen, dat hij bezig was een vrouw in zijn auto mee te tronen.

Hij had Christine niet gebeld. Zij had waarschijnlijk Ryan al bij hem thuis gebeld. Nee, dat had ze niet gedurfd, uit angst hem te compromitteren. Ze had dus nog geen idee van wat hem ophield. Ze zou wel om de vijf minuten opstaan om te gaan kijken bij het raam waarachter langzaam vlokken vielen tegen de zwartfluwelen achtergrond. Als je binnen was leek het donker altijd net fluweel.

Hij had de hele onderneming haast afgeblazen. Het was dom. Hij had het niet serieus aangepakt. Hij had niet voorzien dat hij succes zou hebben, dat ze meeging.

Nu zat ze naast hem in de auto, dicht genoeg om haar warmte te voelen, en zei op een natuurlijke manier, alsof de tijd er rijp voor was: 'Ze noemen me Nina.'

Hij had zich dus vergist toen hij dacht dat ze Gaby of Bertha heette. Dit kwam op hetzelfde neer.

'En jij heet Spencer. Ik heb je naam vaak genoeg ge tikt om hem te kennen. Het vervelende met die voornaam is dat hij niet is af te korten. Je kunt moeilijk Spen zeggen. Hoe noemt je vrouw je?'

'Spencer.'

'Dat snap ik.'

Wat snapte ze? Dat Christine geen vrouw was voor afkortingen en het opzetten van een kinderstemmetje?

Hij was echt in paniek. Fysieke paniek. Het lukte hem niet zijn hand uit te steken om de contactsleutel om te draaien.

Hij was nog in de stad, tussen twee rijen huizen, met trottoirs, voorbijgangers en gezinnen die de avond doorbrachten achter verlichte ramen. Waarschijnlijk stond er een politieagent op de hoek van de straat.

Ze zou zijn aarzeling wel verkeerd opvatten. Of zou ze hem vooruit willen betalen? Het was een geschikt kind.

Ze stak haar gezicht in een bruuske beweging naar hem toe, drukte haar dikke lippen tegen de zijne en boorde een warme natte tong in zijn mond.

4

De laatste keer dat hij keek hoe laat het was, was het tien voor tien. Christine zou Ryan nu toch wel gebeld hebben. Ze had hem waarschijnlijk verteld dat ze ongerust was omdat hij nog niet thuis was. Ryan had vervolgens op zijn beurt de politie gebeld. Tenzij Christine dat zelf al had gedaan. Zou ze een auto geleend hebben om hem te zoeken? Maar waar? Dan had ze waarschijnlijk de auto van haar neef Weston gevraagd.

Zelfs als ze dat had gedaan, was ze nu waarschijnlijk weer thuis. Er waren hoogstens twee of drie bars in Litchfield en twee restaurants. Niemand zou op het idee zijn gekomen navraag te doen in het snelbuffet waar hij met Anna Moeller een hotdog had gegeten.

Hij was niet dronken, beslist niet. Hij had zes of zeven glazen op, het precieze aantal wist hij niet meer, maar het deed hem niets, hij bleef helder, dacht aan alles, had een duidelijk beeld van de hele situatie.

Als bekend werd dat hij met Ryans secretaresse uit was, zouden ze hem gauw vinden, want Anna had haar moeder opgebeld zodra ze in Little Cottage waren aangekomen. Hij had haar niet in de telefooncel durven volgen. Hij had ook niet gevraagd of ze zijn naam of die van de bar had genoemd. Ze konden maar beter oppassen.

Ze had iets eigenaardigs gezegd, een halfuur daarvoor. Ze was toen al een eind heen. Ze had evenveel gedronken als hij. Zij wilde zelf eigenlijk niet meer weg, al had hij twee keer aangeboden haar naar huis te brengen. Ze zat hem in zijn oorlel te bijten toen ze zomaar zei, zonder dat het ergens op sloeg, zoals je dingen zegt die je op je hart hebt: 'Je boft dat ik bij de coroner werk. Niet veel meisjes zouden nu met je uit durven!'

De Little Cottage was niet helemaal zoals hij het zich had voorgesteld toen hij de krant van Danbury las. Daarin ging het alleen over de bar en niet over de achterzaal, waar het eigenlijk om draaide. Die zou je ergens anders ook wel hebben, dat zou zelfs wel iets gewoons zijn, want Anna Moeller, die hier nooit eerder geweest was, had hem er meteen naartoe getrokken.

De zaal was minder verlicht dan de bar, het licht viel uit gaatjes in het plafond die sterren voorstellen, en rond de dansvloer stonden hokjes met een halfrond bankje en een tafeltje.

De gelegenheid was bijna leeg en werd waarschijnlijk vooral zaterdag en zondag bezocht. Een tijdje waren ze de enigen. De barman droeg geen wit jasje maar een overhemd met opgestroopte mouwen. Hij had erg donker haar en was kennelijk van Italiaanse afkomst.

Omdat de man destijds bij de politie een verklaring had afgelegd over een stel dat op de nacht van Belles dood zijn zaak had bezocht, was Ashby voorbereid op zijn argwaan en mogelijke vragen. Daarvan was geen sprake geweest. Hij moest dus aannemen dat Anna en hij doorgingen voor doorsnee klanten. Vooral Anna. Ze voelde zich helemaal thuis. Ze dronk onverdund. Tussen het dansen drukte ze hem met haar hele lijf klem, zodat hij aan één kant beurs was; ze dronk allebei hun glazen leeg, likte hem achter zijn oor of beet erin.

Vanwaar ze zaten konden ze de bar niet zien, maar de barman hen wel, via een kijkluikje. Telkens als Ashby de deur bij de bar hoorde opengaan, verwachtte hij de politie. Op een hoek van de tapkast had hij een gedempt spelend radiootje zien staan. Daar kon ook het gevaar vandaan komen. Hij werd nu gegarandeerd gezocht. Ze zouden zeker weten dat hij op de vlucht was en dus Belle had vermoord.

Hij deed niets om de loop der gebeurtenissen bij te sturen. Als Anna hem de titel van een nummer gaf, gooide hij een muntje in de jukebox, dat gladde apparaat met rondflitsende lichtjes dat hem altijd zo had opgewonden.

Ze had hem gedwongen te dansen. Om de tien minuten moest hij opnieuw, vooral als er een ander paar in een van de boxen zat. Twee van de boxen waren elk ongeveer een halfuur bezet geweest. Een van de meisjes, in het zwart en piepklein, bleef het hele dansnum-

mer met haar mond aan haar partner vastgezogen, zodat ze letterlijk aan zijn lippen leek te hangen.

Gebeurde dat in alle bars waarvan hij de neonbor-
den langs de weg zo beloerd had?

Hij danste, rook de geur van haar make-up op zijn
huid en de geur van haar speeksel. Ze klemde zich be-
dreven aan hem vast, met uitgekiende bewegingen,
zonder te verbergen dat ze iets precies nastreefde, en
als ze het bereikte giechelde ze raar.

Ze was tevreden over zichzelf.

Was de politie echt op zoek naar hen?

Christine zou nooit bedenken dat hij hier was met
het meisje met de dijen die hem voor het eerst waren
opgevallen bij hem thuis toen Ryan hem verhoorde.
Het was fout geweest haar hierheen mee te nemen.
Het was bedoeld als een soort grap. Hij had niet gedacht
dat ze ja zou zeggen, hem serieus zou nemen. Na een
eerste glas had hij geprobeerd zijn fout te corrigeren
met het voorstel haar naar huis te brengen.

Het was nu te laat. Zo was ze waarschijnlijk altijd.
Hij had haar gevraagd: 'Ben je al met Ryan uit geweest?'

Ze had geantwoord met een hinderlijke keellach:
'Wat denk je? Dat ik maagd ben?'

Waarschijnlijk door zijn serieuze blik was het een
plaagspelletje geworden.

'Geef eerlijk antwoord. Dacht je dat ik maagd was?
Denk je dat nog?'

Hij had niet meteen door waar ze heen wilde. Hij had geprotesteerd. Zodat het arme kind een hele tijd nodig had om haar doel te bereiken. Daarom hield ze werktuiglijk het kijkluikje in de gaten om zeker te zijn dat de barman hen niet beloerde.

Hier was hij niet op uit geweest. Hij viel niet op haar. Hij had zijn avond anders voorgesteld, met een ander soort vrouw.

Was Belle anders geweest?

Wat hij ook deed, hij zag haar alleen op de grond liggen, en Anna had geen idee van wat hij dacht.

Het huilende meisje aan de bar over wie de barman tegen de politie had verteld, zou ook wel anders geweest zijn. Was ze in de achterzaal geweest? Hij probeerde zich te herinneren wat er precies in die verklaring stond.

Zijn gezicht gloeide en sinds hij in Litchfield met Anna in de auto was gestapt voelde zijn borst beklemd. Hij had gehoopt dat met drank te verdrijven, maar de alcohol had er niets aan veranderd. Het waren de zenuwen. Hij had willen remmen, zoals op een helling, en snakte soms naar lucht.

Anna Moeller leidde het programma en volgde waarschijnlijk haar vaste patroon.

'Sst!...' zei ze telkens als hij over weggaan begon. 'Niet zo ongeduldig.'

Hij dacht te begrijpen waarom. Ze nam zeker aan dat hij weg wilde voor een voortzetting elders, na het verlaten van de bar. Kortom, in de auto, zoals hij dat altijd voor zich had gezien.

Dat beangstigde hem een beetje en nu was hij zelf degene die het vertrek uitstelde. Maar het zou ook jammer zijn hier opgepakt te worden zonder de eindstreep te hebben gehaald.

Als Katz die dag niet was thuisgekomen, had hij dit met Anna laten lopen. Hij had al een plannetje gehad. Vlak bij huis zou hij langs de weg stoppen en haar huis geluidloos naderen. Hij had de werklieden bezig gezien. Hij wist hoe de draden liepen en waar de sensors zaten. Op de eerste etage zat een matglasruit in een badkamerraam dat nooit helemaal dicht was en geen beveiliging had. Een ladder was geen probleem, hij had er een in zijn garage.

Hij zou haar slaapkamer op zijn tenen betreden en met alle tederheid van de wereld fluisteren: 'Wees niet bang...'

En de ingedommelde Sheila zou hem herkennen. Ze zou niet bang zijn. Ze zou stamelen: 'Bent u het?'

Want in het verhaal dat hij zichzelf vertelde, was ze niet verrast, ze verwachtte hem, rekende op zijn komst en strekte zonder het licht aan te doen haar warme armen uit, waarna ze beiden in een bodemloze omhel-

zing zouden verzinken; zo buitengewoon en opwin-
dend dat het waard was ervoor te sterven.

'Waar denk je aan?'

'Nergens aan.'

'Nog steeds zo ongeduldig?'

En omdat hij niet meteen antwoordde: 'Je hebt zeker de zenuwen.'

Ze leunde weer met haar volle gewicht op hem en
speelde met zijn das.

'Is het waar wat je aan Ryan hebt verteld?'

Waarom eindigde het Sheilaverhaal met het beeld
van Belle op de grond in haar kamer? Het was niet de
eerste keer dat hij zichzelf dit verhaal vertelde. Het leek
wel of hij zich geen andere afloop kon voorstellen. Dan
zou het geen climax meer zijn.

Met gefronste wenkbrauwen zocht hij in zijn geheugen naar de woorden van Lorraine.

'*Wat zij liefde noemen is bezoedelingsdrang, meer niet...*'

Misschien gold dat ook voor zijn verzinsels met Sheila.
In het verloop van zijn zelfbedachte verhaal met haar
zat wel een bevestigend feitje.

'*Geloof me,*' had Belles moeder eraan toegevoegd,
'*ze denken zich van hun zonden te zuiveren.*'

Likte Anna nu die zonden van zijn gezicht, zoog ze
die uit zijn mond? Dat deed ze vast met alle mensen die
met haar uit wilden. Ze had behoefte zich aardig te tonen en hem gelukkig te maken.

'Nog één dansje, goed?'

Hij wist niet meer of hij haast had te vertrekken voor wat moest volgen of om snel een eind te maken aan deze avond. Allebei waarschijnlijk. Al waren zijn ideeën helderder en scherper dan anders, toch had de alcohol de dingen wat verschoven.

'Heb je dat gezien?'

'Nee. Wat?'

'Die twee, daar links.'

Een jongen en een meisje zaten naast elkaar, de jongen met zijn arm om de schouders van zijn vriendin en zij met haar hoofd tegen hem aan geleund, beiden roerloos, zonder een woord te zeggen, met open ogen en een uitdrukking van kalme verrukking op het gezicht.

Zo was hij nooit geweest. Zo zou hij waarschijnlijk nooit zijn. Met Sheila had dat misschien gekund. Als ze tenminste de volgende dag niet weer een gewone vrouw zou worden.

Wist hij al dat hij nooit meer thuis zou komen? Dat vroeg hij zich niet af. Maar toen hij bij het afrekenen op de arm van de barman een getatoeëerde zeemeermin zag staan, voelde hij een hevige hunkering naar de grote weg met drie banen auto's in elke richting en een verlangen naar silhouetten die af en toe in het donker hun duim opstaken.

Voordat ze langs de bar liepen, poetste ze de vegen

lippenstift rond zijn mond weg en greep buiten als vanzelfsprekend zijn arm voor het oversteken van de verlichte ruimte waarachter de auto's geparkeerd stonden.

De sneeuw lag al zo dik dat voetstappen geen zwarte gaten meer achterlieten. De auto stond ingesneeuwd. Toen hij het ijskoude portier opende, beefden zijn vingers van de zenuwen.

Zo moest het toch? Anna was niet verbaasd. Hij herinnerde zich de opflitsende bleke gezichten 's nachts op achterbanken en ook zij stapte achterin.

'Wacht, ik knap me even op...'

Hij had er zin in, hij was er nou wel aan toe. En hij had duizend keer in de loop van zijn bestaan verlangd naar een moment als dit. Niet speciaal met een Anna. Maar wat maakte het uit?

'*Bezoedelingsdrang...*' had Lorraine gezegd.

Dan klopte alles, want Anna had een soort bezeten neiging om zich te bezoedelen.

'*Ze denken zich van hun zonden te zuiveren...*'

Hij wilde het. Het moest gebeuren. Het was te laat voor iets anders. Nu kon er elk moment een politieauto naast de zijne stoppen en dan zouden ze overtuigd zijn van zijn schuld.

Eén seconde, eentje maar, vroeg hij zich af of hij ergens intrapte, of Anna met Ryan en de psychiater onder één hoedje speelde, of ze niet expres op zijn pad was gekomen om zijn reactie te meten. Misschien dat ze op het allerlaatst...

Maar nee. Ze snakte er nu meer naar dan hij. Hij was verbluft haar gekweld te zien door demonen die hij nooit vermoed had, zich gesmeekt te horen met woorden die hem onmogelijk leken, gebaren waarvan hij verstarde.

Het moest gebeuren, koste wat kost. Hij wilde het. Ze moest hem alleen de tijd geven op gang te komen. Hij kon het niet helpen. Hij had veel gedronken. Ze had bepaalde dingen niet moeten zeggen.

Als ze haar mond hield, als ze niet bewoog, als ze hem de kans gaf de draad van zijn droom met Sheila op te pakken...

'Wacht... Wacht...' fluisterde hij zonder te weten dat hij sprak.

En toen hij in de weer kwam, bespottelijk misschien, met tranen van machteloosheid in zijn ogen, begon ze te lachen, met een wrede en rauwe lach die opsteeg uit haar buik.

Ze duwde hem weg. Ze minachtte hem. Ze...

Ze was waarschijnlijk even sterk als hij, maar door haar positie, achter in de auto, had ze geen ruimte om zich los te rukken.

Haar hals was dik en gespierd, lang niet die van Sheila. Hij wilde dat het gauw voorbij was. Hij leed evenveel als zij. Toen ze eindelijk verslapte, voltrok zich in hem een verschijnsel dat hij niet verwachtte, dat hem verbaasde en geneerde en hem blozend deed denken aan de woorden van Lorraine: 'Bezoedelingsdrang...'

Hij draaide zich naar de barman: 'Een whisky-soda.'

En hij ging meteen de telefooncel binnen. Hij verwachtte dat de barman hem nieuwsgierig zou aankijken. Maar die leek geen aandacht aan hem te besteden, wellicht omdat hij druk aan de praat was met een andere Italiaan met beige hoed die de eigenaar moest zijn van de Cadillac voor de deur.

Hij zag hen door de ruit van de telefooncel, en ook een andere klant, een lange roodharige met dun zijig haar die zijn glas bekeek alsof hij het zijn gedachten vertelde.

'Graag het politiebureau van Sharon, miss.'

'Niet liever dat van Hartford?'

Hij hield vol.

'Nee, het is persoonlijk.'

Het duurde even. Hij hoorde de telefonistes van de centrales met elkaar praten.

'Hallo! Met het politiebureau van Sharon? Mag ik inspecteur Averell?'

Hij was bang dat hij als antwoord zou krijgen: 'Met wie kan ik zeggen?'

Hij kon zijn naam niet noemen zonder dat de dichtst-bijzijnde politieauto per mobilofoon opdracht zou krij-gen hem op te halen. Daar was hij erg bang voor. Hij had kunnen vluchten als hij gewild had. Dat had hij overwogen, maar zonder overtuiging. Vooral omdat hij dan nog ergens moest stoppen om het lijk te dum-pen.

Waarvoor? Wat had het voor zin?

Dit was veel simpeler! Zo kregen die lui het gevoel gewonnen te hebben. Ze zouden blij zijn en in de kerk hun gezangen zingen.

'De inspecteur heeft vanavond geen dienst. Kan ik een boodschap aannemen?'

'Dank u. Het is persoonlijk. Ik bel hem wel thuis.'

Hoe laat was het? Hij had zijn horloge niet bij zich. Van zijn plaats kon hij de klok in de bar niet zien. Als Averell maar niet in bioscoop zat, bij de tweede voor-stelling!

Hij vond zijn nummer in het telefoonboek en was opgelucht zijn stem te horen.

'Met Spencer Ashby!' zei hij.

Er viel een soort gat. Hij slikte en ging verder: 'Ik ben in Little Cottage, bij Hartford. Ik zou graag willen dat u me persoonlijk kwam halen.'

Averell vroeg niet waarom. Maakte hij een vergissing, net als de anderen? De vraag die hij stelde verbaasde Spencer: 'Bent u alleen?'

'Nu wel...'

Ze hingen op. Hij wachtte liever in de telefooncel, maar kon daar niet eindeloos blijven staan zonder op te vallen. Waarom belde hij Christine niet om afscheid te nemen? Ze had haar best gedaan. Haar schuld was het niet. Ze zou wel gespannen op een telefoontje wachten. Misschien was er al gebeld, zoals vaker was gebeurd, en had ze vergeefs op een stem gewacht maar alleen ergens in de ruimte horen ademen.

Hij belde haar niet. Toen hij de bar naderde en zich op zijn kruk hees, spraken de twee mannen nog steeds Italiaans. Hij sloeg een half glas in één teug achterover en ontwaarde recht voor zich tussen de flessen in de spiegel zijn gezicht, bijna geheel bedekt met lippenstift. Hij begon de vlekken weg te vegen met zijn zakdoek – waarin hij eerst spuugde – om zijn huid schoon te boenen; het rook net als toen hij klein was.

De roodharige dronkaard keek hem verbluft aan en kon niet nalaten te roepen: 'Lol gemaakt met de wijfjes, broer?'

Hij was zo bang de aandacht te trekken voordat de inspecteur er was, dat hij laf glimlachte. Ook de barman had zich nu naar hem omgedraaid. Je had op zijn boksersgezicht bijna de langzame werking van zijn geest kunnen volgen. Eerst vertrouwde hij zijn geheugen niet geheel. Daarna had hij door het luikje geloerd en was toen achterdochtig in de achterzaal gaan kijken.

Toen hij terugkwam zei hij een paar woorden tegen zijn makker, die nog steeds een hoed, een camel overjas en een sjaal droeg.

Ashby, die het gevaar voelde aankomen, leegde zijn glas en bestelde er nog een. Hij wist niet zeker of hij het ook zou krijgen. De barman wachtte op de terugkeer van zijn makker die buiten een kijkje zou nemen.

Averell zou nog ruim tien minuten nodig hebben om te komen, zelfs als hij zijn sirene zou aanzetten. Er waren waarschijnlijk nog twee paartjes aan de andere kant van de wand.

Hij deed alsof hij uit zijn lege glas dronk en zijn tanden klapperden. De barman verloor hem niet uit het oog en leek zich klaar te maken. Zijn tatoeage tekende zich af in alle details. Hij had behaarde armen, een vooruitstekende onderkaak en een gebroken neus.

Hij hoorde de deur niet opengaan, maar voelde de ijzige lucht in zijn rug. Hij durfde zich niet om te draaien bij het ratelende Italiaans van de man in de camel jas.

Hier was hij bang voor geweest. Hoe Averell ook zijn best deed, hij zou toch te laat komen. Ashby had beter het eerste het beste politiebureau kunnen bellen of erheen moeten rijden.

De barman liep om de tapkast heen en nam de tijd, maar sloeg niet als eerste, dat deed de roodharige, na zelf bijna tegen de grond te zijn gesmakt toen hij zijn kruk afkwam. Bij elke slag liep hij eerst even achteruit en stormde dan toe.

Ashby probeerde te zeggen: 'Ik heb zelf de politie al gebeld...'

Ze geloofden hem niet. Niemand geloofde hem meer. Behalve de man die hij nooit zou kennen, Belles moordenaar.

Ze sloegen hard. Zijn hoofd dreunde, werd als een boksbal heen en weer geramd; ook de mannen uit de achterzaal kwamen te hulp, samen met hun meisjes, die op een afstand bleven toekijken. Een van de mannen, klein en pokdalig, ook met lippenstift op zijn gezicht, gaf hem een forse kniestoot in zijn kruis, terwijl hij gromde: 'Pak aan!'

Toen inspecteur Averell, voorafgegaan door een loeiende sirene, de deur opende, geflankeerd door twee politiemannen in uniform, lag Spencer Ashby al een poosje naast een kruk op de grond, minstens buiten westen, met vertrapt glas om zich heen en bloed dat van zijn lippen droop.

Misschien door dat rode straaltje uit zijn mondhoek leek het net alsof hij glimlachte.